Amélie Nothomb reste [...]
l'Extrême-Orient où elle [...] enfance — la
Chine et le Japon, en particulier.

« *Graphomane* », comme elle se définit elle-même, elle écrit
depuis toujours. *Hygiène de l'assassin* fut la révélation de la ren-
trée 1992. En 1993, elle publie *Le Sabotage amoureux*, en 1994
Les Combustibles, en 1995 *Les Catilinaires*, en 1996 *Péplum*, en
1997 *Attentat*, en 1998 *Mercure*, en 1999 *Stupeur et tremble-
ments* (Grand Prix de l'Académie Française), en 2000, *Métaphysique des tubes*.

AMÉLIE NOTHOMB

Mercure

ROMAN

ALBIN MICHEL

Tout contre E.

JOURNAL DE HAZEL

Pour habiter cette île, il faut avoir quelque chose à cacher. Je suis sûre que le vieux a un secret. Je n'ai aucune idée de ce que ce pourrait être ; si j'en juge d'après les précautions qu'il prend, ce doit être grave.

Une fois par jour, un petit bateau quitte le port de Nœud pour gagner Mortes-Frontières. Les hommes du vieux attendent au débarcadère ; les provisions, le courrier éventuel et cette pauvre Jacqueline sont fouillés. C'est cette dernière qui me l'a raconté, avec une indignation sourde : de quoi peut-on la soupçonner, elle qui est au service du vieux depuis trente ans ? J'aimerais le savoir.

Ce rafiot, je l'ai pris une seule fois, il y a bientôt cinq ans. Ce fut un aller simple et il m'arrive de penser qu'il n'y aura jamais de retour.

Quand je murmure dans ma tête, je l'appelle toujours le vieux : c'est injuste car la vieillesse est loin d'être la caractéristique principale d'Omer Loncours. Le Capitaine est l'homme le plus généreux que j'aie rencontré ; je lui dois tout, à commencer par la vie. Et pourtant, quand ma voix intime et libre parle à l'intérieur de moi, elle le nomme « le vieux ».

Il y a une question que je me pose sans cesse : n'eût-il pas mieux valu que je meure il y a cinq ans, dans ce bombardement qui m'a défigurée ?

Parfois, je ne puis m'empêcher de le dire au vieux :

— Pourquoi ne m'avez-vous pas laissée crever, Capitaine ? Pourquoi m'avez-vous sauvée ?

Il s'indigne à chaque fois :

— Quand on a la possibilité de ne pas mourir, c'est un devoir que de rester en vie !

— Pourquoi ?

— Pour les vivants qui t'aiment !

— Ceux qui m'aimaient sont morts dans le bombardement.

— Et moi ? Je t'ai aimée comme un père depuis le premier jour. Tu es ma fille depuis ces cinq années.

Il n'y a rien à répondre à cela. Cependant, à l'intérieur de ma tête, il y a une voix qui hurle :

« Si vous êtes mon père, comment osez-vous coucher avec moi ? Et puis, vous avez plus l'âge d'être mon grand-père que mon père ! »

Jamais je n'oserai lui dire une chose pareille. Je me sens coupée en deux à son égard : il y a une moitié de moi qui aime, respecte et admire le Capitaine, et une moitié cachée qui vomit le vieux. Celle-ci serait incapable de s'exprimer tout haut.

Hier, c'était son anniversaire. Je crois que personne ne fut aussi heureux d'avoir soixante-dix-sept ans.

— 1923 est un superbe millésime, a-t-il dit. Le 1er mars, j'atteins l'âge de soixante-dix-sept ans ; le 31 mars, tu auras vingt-trois ans. Fabuleux mois de mars 1923, qui nous fait totaliser un siècle à nous deux !

Ce centenaire commun qui le met en joie aurait plutôt tendance à me consterner. Et comme je le redoutais, il est venu me rejoindre hier soir dans mon lit : c'était sa manière de fêter son anniversaire. J'aimerais qu'il ait cent ans : j'ai envie non pas qu'il meure, mais qu'il ne soit plus capable de coucher avec moi.

Ce qui me rend folle, c'est qu'il parvienne à avoir envie de moi. Quel monstre faut-il être pour désirer une fille dont le visage n'a plus rien d'humain ? Si au moins il éteignait la lumière ! Or, il me mange des yeux quand il me caresse.

— Comment pouvez-vous me regarder comme ça ? lui ai-je demandé cette nuit.

— Je ne vois que ton âme et elle est si belle.

Cette réponse me met hors de moi. Il

9

ment : je sais combien mon âme est laide, moi qui éprouve un tel dégoût envers mon bienfaiteur. Si mon âme était visible sur ma figure, je serais encore plus repoussante. La vérité, c'est que le vieux est pervers : c'est ma difformité qui lui inspire une si forte envie de moi.

Voici que ma voix intérieure redevient hargneuse. Comme je suis injuste ! Quand le Capitaine m'a recueillie, il y a cinq ans, il n'avait sûrement pas supposé qu'il finirait par me désirer. J'étais un détritus parmi des milliers de victimes de guerre qui mouraient comme des mouches. Mes parents avaient été tués et je n'avais rien ni personne : c'est un miracle qu'il m'ait prise sous sa protection.

Dans vingt-neuf jours, ce sera mon anniversaire. Je voudrais que ce soit déjà passé. L'année dernière, pour cette même occasion, le vieux m'avait fait boire trop de champagne ; je m'étais réveillée le lendemain matin, nue sur la peau de morse qui sert de descente à mon lit, sans le moindre souvenir de la nuit. Ne pas se rappeler, c'est encore le pire. Et que m'arrivera-t-il pour cette abjecte célébration de notre centenaire ?

Il ne faut pas que j'y pense, ça me rend malade. Je sens que je vais vomir à nouveau.

Le 2 mars 1923, la directrice de l'hôpital de Nœud manda Françoise Chavaigne, la meilleure de ses infirmières.

— Je ne sais que vous conseiller, Françoise. Ce Capitaine est un vieux maniaque. Si vous acceptez d'aller le soigner à Mortes-Frontières, vous serez payée au-delà de vos espérances. Mais il vous faudra accepter ses conditions : à la descente du bateau, vous serez fouillée. Votre trousse sera inspectée, elle aussi. Et il paraît que, là-bas, d'autres instructions vous attendent. Je comprendrais que vous refusiez. Cela dit, je ne pense pas que le Capitaine soit dangereux.

— J'accepte.

— Etes-vous prête à partir dès cet après-midi ? Il semble que ce soit urgent.

— J'y vais.

— Est-ce l'appât du gain qui vous pousse à y aller sans réfléchir ?

— Il y a de cela. Il y a surtout l'idée que, sur cette île, quelqu'un a besoin de moi.

A bord du rafiot, Jacqueline prévint Françoise :

— Vous serez fouillée, ma petite. Et par des hommes.

— Ça m'est égal.

— Ça m'étonnerait. Moi, ils me fouillent chaque jour depuis trente ans. Je devrais m'y être habituée : eh bien, ça me dégoûte toujours autant. Vous, en plus, vous êtes jeune et agréable à regarder, alors il ne faut pas demander ce que ces cochons vont vous...

— Je vous dis que ça m'est égal, coupa l'infirmière.

Jacqueline rejoignit ses provisions en maugréant, pendant que la jeune femme regardait l'île sans cesse plus proche. Elle se demandait si habiter une telle solitude était une liberté privilégiée ou une prison sans espoir.

Au débarcadère de Mortes-Frontières, quatre hommes la fouillèrent avec une froideur qui n'avait de comparable que la sienne propre, pour la plus grande déception de la vieille servante qui, elle, ronchonnait sous les mains vigilantes. Ce fut ensuite au tour de leurs sacs respectifs. Après l'inspection, Françoise remballa sa trousse de soins, Jacqueline ses légumes.

Elles marchèrent jusqu'au manoir.

— Quelle belle maison, dit l'infirmière.

— Vous ne le penserez pas longtemps.

Un majordome sans âge conduisit la jeune femme à travers plusieurs pièces obscures. Il lui montra une porte en expliquant : « C'est là. » Puis il tourna les talons.

Elle frappa et entendit : « Entrez. » Elle pénétra dans une sorte de fumoir. Un vieux monsieur lui indiqua un siège où elle s'assit. Il lui fallut un certain temps pour s'habituer au manque de lumière et pour mieux voir le visage raviné de son hôte. Lui, à l'inverse, distingua le sien aussitôt.

— Mademoiselle Françoise Chavaigne, c'est cela ? demanda sa voix calme et distinguée.

— En effet.

— Je vous remercie d'être venue aussi vite. Vous ne le regretterez pas.

— Il paraît que de nouvelles instructions m'attendent ici avant de vous soigner.

— C'est exact. Mais ce n'est pas pour moi que vous venez, en réalité. Si vous m'y autorisez, je préfère commencer par les instructions, ou plutôt par l'instruction, car il n'y en a qu'une : ne pas poser de questions.

— Il n'est pas dans ma nature d'en poser.

— Je le crois, car votre figure reflète une profonde sagesse. Si je vous surprenais à poser une question autre que strictement utilitaire, vous pourriez ne jamais revoir Nœud. Comprenez-vous ?

— Oui.

— Vous n'êtes pas émotive. C'est bien. Ce n'est pas le cas de la personne que vous allez soigner. Il s'agit de ma pupille, Hazel, une jeune fille que j'ai recueillie il y a cinq ans, suite à un bombardement qui avait tué les siens et qui l'avait très gravement blessée. Aujourd'hui, si elle a recouvré l'essentiel de sa santé physique, sa santé mentale est si précaire qu'elle ne cesse de souffrir de malaises psychosomatiques. En fin de matinée, je l'ai retrouvée en pleines convulsions. Elle avait vomi, elle frissonnait.

— Question pratique : avait-elle mangé un aliment particulier ?

— La même chose que moi qui me porte comme un charme. Du poisson frais, du potage... Il faut préciser qu'elle mange à peine. La voir vomir alors qu'elle est si frêle m'inquiète beaucoup. A près de vingt-trois ans, sa physiologie demeure celle d'une adolescente. Surtout ne lui parlez pas du bombardement, ni de la mort de ses parents, ni de quoi que ce soit qui puisse réveiller en elle ces souvenirs épouvantables. Ses nerfs sont d'une fragilité dont vous n'avez pas idée.

— Bien.

— Encore ceci : il faut absolument évi-

14

ter de commenter son aspect, si spectaculaire soit-il. Elle ne le supporte pas.

Françoise gravit avec le vieil homme un escalier dont les marches poussaient à chaque pas un cri supplicié. Au bout d'un couloir, ils entrèrent dans une chambre silencieuse. Le lit vide était défait.

— Je vous présente Hazel, dit le maître des lieux.

— Où est-elle ? demanda la jeune femme.

— Devant vous, dans le lit. Elle se cache sous les draps, comme d'habitude.

La nouvelle venue pensa que la malade devait en effet être filiforme, car sa présence sous la couette était insoupçonnable. Il y avait quelque chose d'étrange à voir ce vieillard adresser la parole à un lit qui semblait inoccupé.

— Hazel, je te présente mademoiselle Chavaigne, qui est la meilleure infirmière de l'hôpital de Nœud. Sois aimable avec elle.

Les draps ne manifestèrent aucune réaction.

— Bon. J'ai l'impression qu'elle nous joue l'effarouchée. Mademoiselle, je vais vous laisser seule avec ma pupille pour que vous puissiez faire sa connaissance. N'ayez crainte, elle est inoffensive. Vous me rejoindrez au fumoir quand vous aurez fini.

Le Capitaine quitta la pièce. On entendit

15

l'escalier grincer sous ses pieds. Quand le silence fut rétabli, Françoise s'approcha du lit et tendit la main pour soulever l'édredon. Elle s'arrêta au dernier instant.

— Pardonnez-moi. Puis-je vous demander de sortir des draps ? dit-elle d'une voix neutre, préférant traiter celle qu'on lui disait malade comme une personne normale.

Il n'y eut pas de réponse, à peine un frémissement sous la couette, mais quelques secondes plus tard une tête émergea.

Au fumoir, le vieil homme buvait du calvados qui lui brûlait la gorge. « Pourquoi est-il impossible de faire du bien à quelqu'un sans lui faire de mal ? Pourquoi est-il impossible d'aimer quelqu'un sans le détruire ? Pourvu que l'infirmière ne comprenne pas... J'espère que je ne devrai pas éliminer cette Mlle Chavaigne. Elle m'a l'air très bien. »

Quand Françoise découvrit le visage de la jeune fille, elle ressentit un choc d'une violence extrême. Fidèle aux instructions qu'elle avait reçues, elle n'en laissa rien paraître.

— Bonjour. Je m'appelle Françoise.

La figure sortie des draps la dévorait des yeux avec une curiosité effrayante.

16

L'infirmière eut du mal à conserver son air indifférent. Elle posa sa main froide sur le front de la malade : il était brûlant.

— Comment vous sentez-vous ? demanda-t-elle.

Une voix fraîche comme une source lui répondit :

— J'éprouve une joie dont vous n'avez pas idée. Il est si rare que je rencontre quelqu'un. Ici, je vois toujours les mêmes têtes. Et encore, c'est à peine si je les vois.

La jeune femme ne s'attendait pas à ce genre de propos. Décontenancée, elle reprit :

— Non, je veux dire, comment vous sentez-vous physiquement ? Je suis venue vous soigner. Vous avez de la fièvre, semble-t-il.

— Je crois, oui. J'aime ça. Ce matin, je me sentais mal, très mal : j'avais des vertiges, je grelottais, je vomissais. En ce moment, je n'ai que les bons côtés de la fièvre : des visions qui me libèrent.

Françoise faillit demander : « Qui vous libèrent de quoi ? » Elle se rappela qu'elle était tenue aux questions utilitaires : peut-être la surveillait-on au travers d'une cloison. Elle prit son thermomètre et le mit dans la bouche de la patiente.

— Il faut attendre cinq minutes.

Elle s'assit sur une chaise. Les cinq minutes lui parurent interminables. La jeune fille ne la quittait pas des yeux ; on

17

lisait dans son regard une soif inextin-
guible. L'infirmière faisait semblant de
contempler les meubles pour cacher son
malaise. Par terre, il y avait une peau de
morse : « Quelle drôle d'idée, pensa-t-elle.
Ça ressemble plus à du caoutchouc qu'à un
tapis. »

Au terme des trois cents secondes, elle
reprit le thermomètre. Elle allait ouvrir la
bouche pour dire : « 38. Ce n'est pas grave.
Une aspirine et ça passera » quand une
intuition incompréhensible l'en empêcha.

— 39,5. C'est sérieux, mentit-elle.

— Formidable ! Vous croyez que je vais
mourir ?

Françoise répondit avec fermeté :

— Non, voyons. Et il ne faut pas vouloir
mourir.

— Si je suis gravement malade, vous
allez devoir revenir ? interrogea Hazel
d'une voix pleine d'espoir.

— Peut-être.

— Ce serait merveilleux. Il y a si longtemps que je n'ai pas parlé à quelqu'un de
jeune.

L'infirmière alla retrouver le vieillard
dans le fumoir.

— Monsieur, votre pupille est malade.
Elle a beaucoup de température et son état
général est inquiétant. Elle risque une
pleurésie si elle n'est pas soignée.

Le visage du Capitaine se décomposa.

— Guérissez-la, je vous en supplie.

— Il vaudrait mieux l'hospitaliser.

— Il ne faut pas y songer. Hazel doit rester ici.

— Cette jeune fille a besoin d'être surveillée de très près.

— Ne suffirait-il pas que vous veniez chaque jour à Mortes-Frontières ?

Elle eut l'air de réfléchir.

— Je pourrais venir tous les après-midi.

— Merci. Vous ne le regretterez pas. On vous l'a sans doute dit : je paierai des gages exorbitants. Il ne faudra cependant pas oublier la consigne.

— Je sais : pas de questions, sauf si elles sont utilitaires.

Elle tourna les talons et remonta chez la pupille.

— C'est arrangé. Je viendrai ici chaque après-midi pour m'occuper de vous.

Hazel attrapa son oreiller et le martela de coups de poing avec un rugissement de joie.

De retour à Nœud, la jeune femme se rendit chez la supérieure.

— Le Capitaine frise la pleurésie. Malgré mes injonctions, il refuse d'être hospitalisé.

— Classique. Les vieux détestent les hôpitaux. Ils ont trop peur de ne plus jamais en sortir.

— Il me supplie de venir le soigner tous

19

les après-midi sur son île. Je demande la permission de m'absenter chaque jour, de deux heures à six heures du soir.

— Vous êtes libre, Françoise. J'espère que ce monsieur guérira vite : j'ai bien besoin de vous, ici.

— Puis-je vous poser une question ? En quels termes vous a-t-il formulé sa demande de soins ?

— Je ne me souviens pas exactement, si ce n'est qu'il a insisté sur deux points : il exigeait que ce soit une infirmière et non un infirmier — et que l'infirmière en question ne porte pas de lunettes.

— Pourquoi ?

— Faut-il vous l'expliquer ? Les messieurs préfèrent toujours être soignés par des dames. Et ils ont encore tendance à croire que les lunettes enlaidissent. J'imagine que notre Capitaine était ravi, quand il a vu votre beauté — et que c'est l'une des raisons pour lesquelles il vous a suppliée de revenir chaque jour.

— Il est vraiment très malade, madame.

— Cela n'empêche pas. Tâchez de ne pas vous faire épouser, je vous en prie. Je ne voudrais pas perdre ma meilleure infirmière.

La nuit, dans son lit, Françoise eut du mal à trouver le sommeil. Que pouvait-il se passer sur cette île ? Il lui paraissait clair

20

qu'il y avait quelque chose d'étrange entre le vieillard et la jeune fille. Il n'était pas impossible que ce lien fût de nature sexuelle, même si l'homme semblait avoir dépassé depuis longtemps l'âge de ce genre de comportement.

Cela ne suffisait pas à expliquer le mystère. Car enfin, s'ils couchaient ensemble, ce n'était peut-être pas du meilleur goût, mais ce n'était pas un crime : Hazel était majeure et il n'y avait pas de consanguinité. La pupille n'avait pas non plus l'air d'avoir subi des violences physiques. Bref, si l'infirmière pouvait admettre que le Capitaine cachât leur éventuelle liaison, elle ne parvenait pas à comprendre pourquoi il lui avait adressé des menaces de mort.

Le cas de la jeune fille la surprenait : il la lui avait présentée comme une victime traumatisée et souffreteuse ; de fait, elle s'apparentait à ce genre de cas. Mais il y avait aussi en elle une étonnante gaieté, un enthousiasme enfantin qui la réjouissait et lui donnait envie de la revoir.

Françoise se releva pour boire un verre d'eau. Par la fenêtre de sa chambrette, elle avait vue sur la mer nocturne. Elle regarda dans la direction de l'île, invisible à cause de l'obscurité. Elle ressentit une émotion bizarre en se répétant la phrase qu'elle avait dite à la supérieure : « Il y a quelqu'un, là-bas, qui a besoin de moi. »

Elle frémit en repensant au visage de Hazel.

Le lendemain après-midi, la jeune fille ne s'était pas cachée sous les draps ; c'est assise dans son lit qu'elle attendait l'infirmière. Elle avait meilleure mine que la veille et lui lança un « Bonjour ! » jovial.

Françoise prit sa température. « 37. Elle est guérie. Ce n'était qu'un accès de fièvre passager. »

— 39, dit-elle.

— Est-ce possible ? Je me sens très bien, pourtant.

— C'est souvent le cas quand on est fébrile.

— Le Capitaine m'a dit que je risquais une pleurésie.

— Il n'aurait pas dû vous le dire.

— Au contraire, il a bien fait ! Je suis ravie de la gravité de mon état, d'autant que je n'en souffre pas : tous les avantages de la maladie sans les inconvénients. Une visite quotidienne d'une fille aussi sympathique que vous, je ne pouvais pas rêver mieux.

— Je ne sais pas si je suis sympathique.

— Vous êtes forcément quelqu'un de bien puisque vous êtes là. Ici, à part mon tuteur, personne ne vient me voir. Personne n'en a le courage. Le pire, c'est que je comprends ces lâches : à leur place, j'aurais une peur atroce.

La visiteuse brûlait de demander pourquoi, mais elle craignait que les murs aient des oreilles.

— Vous, c'est différent. Dans votre métier, vous êtes habituée à ce genre de spectacles.

Exaspérée de ne pouvoir poser de questions, la jeune femme se mit à ranger ses seringues.

— J'aime que vous vous appeliez Françoise. Cela vous va à merveille : c'est beau et c'est sérieux.

Un instant stupéfaite, l'infirmière éclata de rire.

— C'est vrai ! Pourquoi riez-vous ? Vous êtes belle et sérieuse.

— Ah.

— Quel âge avez-vous ? Oui, je sais, je suis indiscrète. Il ne faut pas m'en vouloir, je ne connais pas les usages du monde.

— Trente ans.

— Vous êtes mariée ?

— Célibataire et sans enfant. Vous êtes bien curieuse, mademoiselle.

— Appelez-moi Hazel. Oui, je suis dévorée de curiosité. Il y a de quoi. Vous n'avez pas idée de ma solitude ici, depuis cinq ans. Vous n'avez aucune idée de la joie que j'éprouve à vous parler. Avez-vous lu *Le Comte de Monte-Cristo* ?

— Oui.

— Je suis dans la situation d'Edmond Dantès au château d'If. Après des années sans apercevoir un visage humain, je creuse une galerie jusqu'au cachot voisin. Vous, vous êtes l'abbé Faria. Je pleure du bonheur de ne plus être seule. Nous passons des jours à nous raconter l'un à l'autre, à nous dire des banalités qui nous exaltent, parce que ces propos simplement humains nous ont manqué au point de nous rendre malades.

— Vous exagérez. Il y a le Capitaine que vous voyez chaque jour.

La jeune fille eut un rire nerveux avant de dire :

— Oui.

La visiteuse attendit une confession qui ne vint pas.

— Qu'allez-vous me faire ? Allez-vous m'ausculter ? Me donner des soins particuliers ?

Françoise improvisa :

— Je vais vous masser.

— Me masser ? Contre un risque de pleurésie ?

— On sous-estime les vertus du massage. Un bon masseur peut faire refluer du corps toutes les humeurs toxiques. Tournez-vous sur le ventre.

Elle appliqua ses mains sur le dos de la pupille. A travers la chemise de nuit blanche, elle sentit sa maigreur. Certes, le massage ne servait à rien d'autre qu'à justifier sa présence prolongée auprès de Hazel.

— Pouvons-nous parler pendant que vous me masserez ?

— Bien sûr.

— Racontez-moi votre vie.

— Il n'y a pas grand-chose à en dire.

— Racontez-moi quand même.

— Je suis née à Nœud où j'ai toujours vécu. J'ai appris le métier d'infirmière dans l'hôpital où je travaille. Mon père était marin-pêcheur, ma mère institutrice. J'aime vivre au bord de la mer. J'aime voir les bateaux arriver au port. Cela me donne l'impression de connaître le monde. Pourtant, je n'ai jamais voyagé.

— C'est magnifique

— Vous vous moquez de moi.

— Non ! Quelle vie simple et belle vous avez !

— J'aime bien cette vie, en effet. J'aime mon métier, surtout.

— Quel est votre désir le plus cher ?

— Un jour, j'aimerais prendre le train jusqu'à Cherbourg. Là, je monterais dans un grand paquebot qui m'emmènerait très loin.

— C'est drôle. J'ai vécu le contraire de votre rêve. Quand j'avais douze ans, un grand paquebot qui venait de New York m'a amenée à Cherbourg avec mes parents. De là, nous avons pris le train pour Paris. Puis pour Varsovie.

— Varsovie... New York..., répéta Françoise, éberluée.

— Mon père était polonais, il avait émigré à New York, où il est devenu un riche homme d'affaires. A la fin du siècle dernier, il a rencontré à Paris une jeune Française qu'il a épousée : ma mère, qui alla vivre avec lui à New York où je suis née.

— Vous avez donc trois nationalités ! C'est extraordinaire.

— J'en ai deux. Il est vrai que, depuis 1918, je pourrais à nouveau être polonaise. Mais depuis un certain bombardement de 1918, je ne suis plus rien.

La visiteuse se rappela qu'il fallait éviter de parler de ce bombardement fatal.

— Ma vie, pourtant courte, a été l'histoire de ma déchéance perpétuelle. Jusqu'à mes douze ans, j'ai été Hazel Englert, petite princesse de New York. En 1912, l'affaire de mon père a fait faillite. Nous avons traversé l'Atlantique avec le peu qui nous restait. Papa espérait retrouver la propriété de sa famille, non loin de Varsovie : il n'en restait plus qu'une ferme misérable. Ma mère a proposé alors de retourner à Paris, supposant que l'existence y serait plus facile. Elle n'y a pas trouvé d'autre emploi que celui de blanchisseuse. Mon père, lui, se mit à boire. Et puis il y eut 1914, et mes pauvres parents comprirent qu'ils auraient été mieux inspirés de rester aux Etats-Unis. Comme ils manquaient de sens historique à un point terrifiant, ils finirent par prendre la décision d'y retourner — en 1918 ! Cette fois, ce fut en carriole que nous prîmes la direction de Cherbourg. Sur une route presque déserte, nous étions une proie provocante pour tout bombardement aérien. Je me suis réveillée orpheline, sur une civière.

— A Nœud ?

— Non, à Tanches, non loin d'ici. C'est là que le Capitaine m'a trouvée et recueillie. Je me demande ce qu'il me serait advenu s'il ne m'avait pas prise sous sa protection. Je n'avais plus rien ni personne.

— C'était le cas de beaucoup de gens, en 1918.

— Mais vous comprenez qu'avec ce qui m'est arrivé, je n'avais aucune chance de m'en sortir. Mon tuteur m'a emmenée à Mortes-Frontières et je n'en suis plus repartie. Ce qui me frappe, dans ma vie, c'est qu'elle n'a pas cessé d'aller vers le rétrécissement géographique. Des perspectives immenses de New York jusqu'à cette chambre que je ne quitte presque plus, la gradation fut rigoureuse : de la campagne polonaise au minable appartement parisien, du paquebot transatlantique au rafiot qui m'a apportée ici, enfin et surtout des grands espoirs de mon enfance aux horizons absents d'aujourd'hui.

— Mortes-Frontières, la bien-nommée.

— Et comment ! En fait, ma trajectoire m'a conduite de l'île la plus cosmopolite à l'île la plus fermée à l'univers extérieur : de Manhattan à Mortes-Frontières.

— Quand même, quelle vie fascinante vous avez eue !

— Certes. Mais est-il normal, à mon âge, de parler déjà au passé ? De n'avoir plus qu'un passé !

— Vous avez aussi un avenir, voyons. Votre guérison est assurée.

— Je ne parle pas de ma guérison, coupa Hazel avec humeur. Je vous parle de mon aspect !

— Je ne vois pas où est le problème...

— Si, vous le voyez ! Inutile de mentir, Françoise ! Je ne suis pas dupe de votre gentillesse d'infirmière. Hier, j'ai bien regardé votre expression quand vous avez découvert mon visage : vous avez eu un choc. Si professionnelle que vous soyez, vous n'avez pas pu le cacher. Ne croyez pas que je vous le reproche : moi, à votre place, j'aurais hurlé.

— Hurlé !

— Vous trouvez cela excessif ? C'est pourtant ainsi que j'ai réagi quand je me suis regardée dans un miroir, la dernière fois. Savez-vous quand c'était ?

— Comment le saurais-je ?

— C'était le 31 mars 1918. Le jour de mes dix-huit ans — un âge où l'on s'attend à être jolie. Le bombardement avait eu lieu

28

début janvier, mes blessures avaient eu le temps de cicatriser. J'étais à Mortes-Frontières depuis trois mois et l'absence de miroirs, que vous avez peut-être remarquée, m'intriguait. Je m'en suis ouverte au Capitaine : il a dit qu'il avait retiré toutes les glaces de la maison. J'ai demandé pourquoi et c'est là qu'il m'a révélé ce qui m'était encore inconnu : que j'étais défigurée.

La visiteuse immobilisa ses mains sur le dos de la jeune fille.

— Je vous en prie, ne cessez pas de me masser, cela me calme. J'ai supplié mon tuteur de m'apporter un miroir : il refusait avec obstination. Je lui disais que je voulais être consciente de l'ampleur des dégâts : il répondait qu'il ne valait mieux pas. Le jour de mon anniversaire, j'ai pleuré : n'était-il pas normal qu'une fille de dix-huit ans veuille voir son visage ? Le Capitaine a soupiré. Il est allé chercher un miroir et me l'a tendu : c'est là que j'ai découvert l'horreur difforme qui me tient lieu de figure. J'ai hurlé, hurlé ! J'ai ordonné que l'on détruise ce miroir qui, le dernier de son espèce, avait reflété une telle monstruosité. Le Capitaine l'a brisé : c'est l'action la plus généreuse qu'il ait accomplie dans sa vie.

La pupille se mit à pleurer de rage.

— Hazel, calmez-vous, je vous en prie.

— Rassurez-vous. Je me doute bien que

vous avez reçu pour consigne de ne pas parler de mon aspect. Si l'on me surprend dans cet état, je dirai la vérité, à savoir que vous n'y êtes pour rien et que c'est moi qui ai abordé ce sujet. Autant expliquer tout de suite pourquoi je suis comme ça et combien ça me rend folle. Oui, ça me rend folle !

— Ne criez pas, dit Françoise avec autorité.

— Pardonnez-moi. Savez-vous ce que je trouve particulièrement injuste ? C'est que ce soit arrivé à une jolie fille. Car si difficile que ce soit à imaginer, j'étais ravissante. Vous voyez, si avant la bombe j'avais été un laideron, je me sentirais moins malheureuse.

— Il ne faut pas dire ça.

— De grâce, laissez-moi avoir tort, si je veux. Je sais, je devrais bénir le ciel d'avoir bénéficié de près de dix-huit années de joliesse. Je vous avoue que je n'y parviens pas. Les aveugles-nés, paraît-il, ont meilleur caractère que ceux qui ont perdu la vue à un âge dont ils se souviennent. Je comprends ça : je préférerais ignorer ce que je n'ai plus.

— Hazel...

— Ne vous en faites pas, j'ai conscience d'être injuste. J'ai conscience de ma chance, aussi : être arrivée dans une maison qui semblait conçue pour moi, sans miroirs ni même la moindre surface réfléchissante.

Avez-vous remarqué à quelle hauteur les fenêtres sont placées ? De manière à ce que l'on ne puisse se voir dans aucune vitre. Celui qui a construit cette demeure devait être fou : à quoi bon habiter au bord de la mer si c'est pour n'avoir aucune vue sur elle ? Le Capitaine ignore qui en fut l'architecte. Lui a choisi de vivre ici précisément parce qu'il est dégoûté de la mer.

— Il eût été mieux avisé de s'installer au cœur du Jura, dans ce cas.

— C'est ce que je lui ai dit. Il a répondu que sa haine de la mer était de celles qui s'apparentent à l'amour : « Ni avec toi ni sans toi. »

L'infirmière faillit demander : « Pourquoi cette haine ? » A la dernière seconde, elle se rappela la consigne.

— Si ce n'étaient que les miroirs ! Si ce n'étaient que les vitres ! On ne me laisse jamais prendre un bain sans en avoir troublé l'eau à force d'huile parfumée. Pas le moindre meuble en marqueterie, pas l'ombre d'un objet en laque. A table, je bois dans un verre dépoli, je mange avec des couverts en métal écorché. Le thé que l'on me verse contient déjà du lait. Il y aurait de quoi rire de ces attentions méticuleuses si elles ne soulignaient pas tant l'étendue de ma difformité. Avez-vous déjà entendu parler d'un cas pareil, dans votre métier ? D'un être si horrible à regarder qu'il fallait le protéger de son propre reflet ?

Elle se mit à rire comme une possédée. L'infirmière lui injecta ensuite un puissant calmant qui l'endormit. Elle la borda et s'en alla.

Au moment où elle s'apprêtait à quitter le manoir sans être vue, le Capitaine l'interpella :

— Vous partez sans me dire au revoir, mademoiselle ?

— Je ne voulais pas vous déranger.

— Je vous accompagne jusqu'au débarcadère.

En chemin, il lui demanda des nouvelles de la malade.

— Elle a un peu moins de fièvre mais son état demeure critique.

— Vous reviendrez chaque jour, n'est-ce pas ?

— Bien sûr.

— Il faut que vous la guérissiez, vous comprenez ? Il le faut absolument.

Quand Françoise Chavaigne revint à Nœud, elle arborait un visage qu'on ne lui avait jamais vu. Il eût été difficile de déchiffrer son expression qui tenait de l'énervement extrême, de la réflexion, de la hâte joyeuse et de la stupeur.

A l'hôpital, une collègue lui dit :

— Tu as l'air d'une chimiste sur le point de faire une découverte importante.

— C'est le cas, sourit-elle.

Chaque soir, le tuteur et la pupille dînaient en tête à tête. Autant la jeune fille était volubile en présence de Françoise, autant elle restait muette en présence du vieillard. Elle se contentait de répondre à ses rares questions avec laconisme.

— Comment te sens-tu, mon enfant ?

— Bien.

— Tu as pris ton médicament ?

— Oui.

— Mange encore un peu de gratin.

— Non merci.

— Elle me paraît remarquable, ton infirmière. Tu es contente d'elle ?

— Oui.

— Et elle est belle, en plus, ce qui ne gâte rien.

— C'est vrai.

Ensuite, ils ne dirent plus rien. Cela ne dérangea pas le Capitaine qui aimait ce silence. Il ne soupçonnait pas que sa protégée détestait ces repas pris en commun.

Elle eût préféré jeûner dans sa chambre que d'avoir à affronter cette cène. Elle haïssait les moments où il parlait et plus encore ceux où il se taisait : pour des raisons qu'elle ne parvenait pas à analyser, le mutisme de ce vieil homme penché sur son assiette lui paraissait sinistre à mourir.

Il arrivait qu'après le dîner le tuteur conviât sa pupille à le suivre au salon. Il lui montrait alors de vieux livres, des encyclopédies du siècle passé et des cartes du monde : il lui racontait ses voyages. Parfois il évoquait ses combats contre des pirates patagons ou ses aventures de forceur de blocus en mer de Chine. Elle ne savait jamais très bien si c'étaient ou non des mensonges : peu lui importait, car ces histoires étaient formidables. Il concluait par :

— Et je suis toujours vivant.

Puis il lui souriait et regardait le feu sans plus rien dire. Et bizarrement, c'étaient des moments qu'elle aimait beaucoup.

Le visage de Hazel s'illumina. Il y était inscrit : « Vous voici enfin ! » La visiteuse songea que personne ne l'avait jamais accueillie avec une telle expression de bonheur.

Elle lui mit le thermomètre dans la bouche. Il suffit de trois fois pour qu'un acte accède au statut de rituel ; conformément au rite, elles attendirent donc que cinq minutes passent, chacune à sa manière, l'une dévisageant l'autre qui fuyait son regard. Et l'infirmière mentit à nouveau :

— 39. Stationnaire.

— Parfait. Massez-moi.

— Une minute, s'il vous plaît. J'aurais besoin d'une bassine. Où pourrais-je me la procurer ?

— Aux cuisines, je suppose.

— Où sont-elles ?

— Au sous-sol. Il faudra que vous demandiez au Capitaine de vous les ouvrir car elles sont fermées à clef. Vous pensez : toutes ces casseroles dans lesquelles je pourrais me voir !

Françoise alla trouver le vieillard qui parut embarrassé :

— Une bassine ? Pour quoi faire ?

— Un lavement.

— Ma parole, il est difficile d'imaginer qu'une jeune femme aussi distinguée administre des lavements. Attendez-moi ici quelques instants, voulez-vous ?

Il remonta dix minutes plus tard, l'air préoccupé.

— Il n'y a pas de bassine. Un tub vous conviendrait-il ?

— Sans aucun doute.

Soulagé, il redescendit puis rapporta une cuvette en faïence grossière et non vernie. Françoise remercia et retourna dans la chambre en pensant : « Ma main à couper qu'il y a des bassines dans cette maison. Mais le tub, lui, ne reflète rien. »

— A quoi ce récipient va-t-il servir ? demanda Hazel.

— A un lavement.

— Non, par pitié, j'ai horreur de ça !

La visiteuse réfléchit quelques instants avant de répondre :

— Alors, si le Capitaine vous parle de ce lavement, faites comme si je vous l'avais administré.

— D'accord.

— A présent, puis-je utiliser votre salle de bains quelques instants ?

L'infirmière s'y isola. La pupille entendit couler de l'eau. Puis Françoise revint et commença à masser la jeune fille.

— Savez-vous que j'y prends goût, à vos massages ? C'est très agréable.

— Tant mieux, car c'est excellent pour ce que vous avez.

— Que pensez-vous de ma salle d'eau ?

— Rien.

— Allons ! Je suis sûre que vous n'en avez jamais vu une pareille. Ni lavabo, ni baignoire, ni rien qui puisse retenir l'eau. Les robinets coulent dans le vide, le sol est incliné de manière à ce que l'eau s'échappe par un trou relié à une gouttière. C'est d'un pratique pour se laver ! Le plus souvent, je prends des douches, sauf quand on daigne me monter le bain dont je vous ai parlé.

Quant aux toilettes, qui sont les mêmes dans toute la maison, le Capitaine les a achetées aux chemins de fer français : car dans les trains, il n'y a pas d'eau au fond de la cuvette. Il fallait y penser !

Hazel rit doucement.

— Ces précautions sont idiotes : je n'ai pas la moindre envie d'affronter mon image. Il est vrai, cependant, que sans ces ingénieux aménagements je pourrais apercevoir mon reflet par simple distraction. Et il me serait peut-être aussi fatal qu'il le fut à Narcisse, mais pour des raisons opposées.

— Et si vous parliez d'autre chose que de ce sujet qui vous est douloureux ? Une telle obsession ne peut que nuire à votre santé.

— Vous avez raison. Parlons de vous, qui êtes belle. Avez-vous un fiancé ?

— Non.

— Comment est-ce possible ?

— Vous voulez tout savoir, vous !

— Oui.

— Je ne vous dirai que ce que je veux bien vous dire. J'ai eu trois fiancés. Je suis restée avec chacun d'eux environ quatre mois, au terme desquels je les ai quittés.

— Ils s'étaient mal conduits envers vous ?

— Je m'ennuyais, avec eux. Je choisissais pourtant des garçons très différents, dans l'espoir que ce serait plus intéressant.

37

Hélas, il semblerait qu'au bout de quatre mois tous les hommes se mettent à se ressembler.

La jeune fille éclata de rire.

— Racontez encore !

— Que puis-je vous dire ? C'étaient de gentils garçons. Seulement, passé le charme des premiers moments, que restait-il ? Un brave fiancé qui voulait devenir un mari. Je les aimais bien, certes ; de là à vivre avec eux... J'imagine que l'amour, ce doit être autre chose.

— Vous n'avez donc jamais été amoureuse ?

— Non. Ce qui me paraît le plus significatif, c'est que, quand j'étais en leur compagnie, je pensais à mes patients de l'hôpital. Je n'y puis rien : mon métier me semble beaucoup plus passionnant que ces affaires sentimentales.

— Vos fiancés étaient-ils jeunes ?

— A peu près de mon âge.

— Ce que vous me dites me console. Je n'ai jamais connu de jeunes hommes et il m'arrive d'en être désespérée. Quand j'avais seize ou dix-sept ans, il y avait des garçons qui me tournaient autour. J'étais assez sotte pour les éconduire. Je préférais attendre le grand amour, au sujet duquel je nourrissais des illusions ridicules. Si j'avais su que je serais défigurée à dix-huit ans, je n'aurais pas perdu ces précieuses années à rêver au prince charmant. Alors, quand vous racontez que les garçons sont décevants, cela me réconforte.

La jeune femme songea que si Hazel n'y connaissait rien aux jeunes hommes, elle devait avoir une certaine expérience de leurs aînés.

— Pourquoi vous arrêtez-vous en si bon chemin ? Dites-moi encore du mal d'eux.

— Je n'ai rien de mal à vous dire à leur sujet.

— Allons, faites un effort !

La masseuse haussa les épaules. Elle finit par dire :

— Peut-être sont-ils un peu cousus de fil blanc.

La pupille parut enchantée.

— Oui, c'est comme ça que je les imagine. Quand j'avais dix ans, à New York, il y avait un garçon de ma classe que je voulais épouser. Matthew n'était ni plus beau, ni plus intelligent, ni plus fort, ni plus drôle que n'importe quel garçon. Mais il ne disait jamais rien. Je trouvais que ce silence le rendait intéressant. Et puis, à la fin de l'année, Matthew obtint la meilleure note en rédaction. Il dut lire son texte devant les élèves : il s'agissait d'un récit assez bavard où il racontait ses vacances aux sports d'hiver. Je perdis toute velléité de mariage avec lui et songeai qu'aucun garçon n'était véritablement mystérieux. Vos propos semblent le confirmer. Ils ont certes plus de poids dans votre bouche que dans la mienne ; quand c'est moi qui le dis, on croirait entendre : « Ils sont trop verts et bons pour les goujates. » Si Matthew me voyait aujourd'hui, il serait soulagé que je ne veuille pas l'épouser.

L'infirmière ne dit rien.

— A quoi pensez-vous, Françoise ?

— Je pense que vous parlez beaucoup.

— Et qu'en concluez-vous ?

— Que vous en avez grand besoin.

— C'est exact. Ici, je ne parle jamais. Je le pourrais si je le désirais. Quand je suis avec vous, je sens que ma bouche est libérée — c'est le mot. Pour en revenir au *Comte de Monte-Cristo*, quand les deux détenus se rencontrent après des années de solitude, ils se mettent à parler, à parler. Ils sont toujours dans leur cachot, mais c'est comme s'ils étaient déjà à moitié libres, parce qu'ils ont trouvé un ami à qui parler. La parole émancipe. C'est curieux, n'est-ce pas ?

— Dans certains cas, c'est le contraire. Il y a des gens qui vous envahissent avec leur logorrhée : on a la pénible impression d'être prisonnière de leurs mots.

— Ceux-ci ne parlent pas, ils bavardent. J'espère que vous ne me rangez pas parmi eux.

— Vous, j'aime vous écouter. Vos récits sont des voyages.

— Si c'est le cas, tout le mérite vous en revient. C'est l'auditeur qui forge la confidence. Si votre oreille ne me paraissait pas amie, elle ne m'inspirerait rien. Vous avez un talent rare, celui d'écouter.

— Je ne suis pas la seule qui aimerait vous écouter.

— C'est possible, mais je ne crois pas que les autres le feraient aussi bien. Quand je suis avec vous, j'ai une impression très étrange : celle d'exister. Quand vous n'êtes pas là, c'est comme si je n'existais pas. Je ne parviens pas à expliquer ça. J'espère que je ne guérirai jamais. Le jour où je ne serai plus malade, vous ne me rendrez plus visite. Et je n'existerai plus jamais.

L'infirmière, émue, ne trouva rien à dire. Il y eut un très long silence.

— Vous voyez : même quand je me tais, j'ai l'impression que vous m'écoutez.

— C'est le cas.

— Puis-je vous demander une faveur pour le moins bizarre, Françoise ?

— Laquelle ?

— Le 31 mars, j'aurai vingt-trois ans. Vous m'offrirez un cadeau merveilleux : c'est que, à cette date, je ne serai pas guérie.

— Taisez-vous, dit la jeune femme, terrifiée à l'idée qu'on les écoute.

— J'insiste : je veux être encore malade le jour de mon anniversaire. Nous sommes le 4 mars. Organisez-vous.

— N'insistez plus, répondit-elle en parlant bien fort à l'intention d'éventuelles oreilles.

Françoise Chavaigne passa par la pharmacie puis retourna à l'hôpital. Elle resta de longues heures à méditer dans sa chambre. Elle se rappela que le Capitaine avait demandé à sa directrice de lui envoyer une infirmière sans lunettes : elle comprenait à présent que c'était pour éviter le reflet des verres.

La nuit, dans son lit, elle pensa : « J'ai bien l'intention de la guérir. Et pour cette raison, Hazel, vous serez exaucée au-delà de vos espérances. »

Chaque après-midi, l'infirmière revenait à Mortes-Frontières. Sans se l'avouer, elle attendait ces visites avec autant d'impatience que la pupille.

— Je ne vous étonnerai pas, Françoise, en vous déclarant que vous êtes ma meilleure amie. Vous pourriez considérer que cela va de soi puisque vous êtes ici ma seule véritable compagnie féminine. Et pourtant, depuis mon enfance, je n'ai jamais eu d'amie à laquelle j'aie tenu autant qu'à vous.

Ne sachant que dire, l'infirmière hasarda un lieu commun :

— C'est important, l'amitié.

42

— Quand j'étais petite, c'était ma religion. A New York, j'avais une meilleure amie qui s'appelait Caroline. Je lui vouais un culte. Nous étions inséparables. Comment expliquer à un adulte la place qu'elle occupait dans ma vie ? A cette époque-là, j'avais l'ambition de devenir ballerine, et elle de gagner tous les concours hippiques du monde. Pour elle, je me convertis à l'équitation et elle, pour moi, se convertit à la danse. J'avais aussi peu de dispositions pour le cheval qu'elle en avait pour les entrechats, mais le but du jeu consistait à être ensemble. L'été, je passais mes vacances dans les Catskills et elle à Cape Cod : un mois l'une sans l'autre, qui nous paraissait une torture. Nous nous écrivions des lettres que les amoureux seraient incapables de rédiger. Pour m'exprimer la souffrance de notre séparation, Caroline alla jusqu'à s'arracher un ongle entier, celui de l'annulaire gauche, qu'elle colla sur sa missive.

— Pouah.

— De six à douze ans, cette amitié fut mon univers. Ensuite mon père connut son revers de fortune et il fallut quitter New York. Quand j'annonçai la nouvelle à Caroline, ce fut un drame. Elle pleura, hurla qu'elle partirait avec moi. Nous passâmes une nuit entière à nous entailler les poignets pour devenir sœurs de sang, à faire des serments insensés. Elle supplia ses parents de renflouer les miens — en vain, bien sûr. Le jour du départ, je crus mourir. La malchance voulut que je ne meure pas. Quand le paquebot s'éloigna du quai, le traditionnel ruban de papier nous reliait. Lorsqu'il se rompit, je ressentis dans mon corps une cassure indicible.

— Si malgré la ruine de vos parents elle vous aimait toujours, c'est que c'était une véritable amie.

— Attendez la suite. Nous commençâmes une correspondance enflammée. Nous nous disions tout. « La distance n'est rien quand on s'aime aussi fort », m'écrivait-elle. Et puis, peu à peu, ses lettres s'affadirent. Caroline avait arrêté le ballet et s'était mise au tennis avec une certaine Gladys. « Je me suis fait couper le même tailleur que Gladys... J'ai demandé au coiffeur de me couper les cheveux comme Gladys... » Mon cœur se glaçait quand je lisais cela. Ensuite, il y eut pire : Gladys et elle s'éprirent d'un certain Brian. Le ton des lettres de Caroline en prit un coup. Des déclarations ferventes et vibrantes, elle était passée à : « Brian a regardé Gladys hier pendant au moins une minute. Je me demande ce qu'il lui trouve : elle est moche, elle a un gros derrière. » J'étais gênée pour elle. La merveilleuse enfant s'était métamorphosée en une femelle hargneuse.

— C'était la puberté.

— Sans doute. Mais moi aussi, je grandissais, et je ne devenais pas pour autant comme elle. Bientôt, elle n'eut plus rien à me dire. A partir de 1914, je n'ai plus reçu de nouvelles d'elle. Je l'ai vécu comme un deuil.

— A Paris, vous aviez sûrement des amies.

— Rien de comparable. Quand une nouvelle Caroline se serait présentée à moi, je n'aurais pas voulu me lier à elle. Comment aurais-je pu croire encore à l'amitié ? Mon élue avait trahi tous nos serments.

— C'est triste.

— Pire que ça. En se parjurant, Caroline avait effacé nos six années glorieuses. C'est comme si elles n'avaient jamais existé.

— Que vous êtes intransigeante !

— Vous me comprendriez si vous aviez vécu cela.

— Je n'ai jamais connu une telle amitié, en effet. J'ai des amies d'enfance que je revois de temps en temps avec plaisir. Cela ne va pas plus loin.

— C'est drôle : j'ai sept ans de moins que vous et, pourtant, j'ai l'impression que vous êtes intacte et que je suis ravagée. Enfin, peu importent les souffrances du passé puisque maintenant j'ai la meilleure des amies : vous.

— Je trouve que vous donnez facilement votre amitié.

— C'est faux ! s'indigna la jeune fille.

— Je n'ai rien fait pour mériter votre amitié.

— Vous venez me soigner ici chaque jour avec dévouement.

— C'est mon métier.

— Est-ce une raison pour ne pas vous en être reconnaissante ?

— En ce cas, vous auriez éprouvé une amitié identique pour n'importe quelle infirmière qui aurait tenu ma place.

— Sûrement pas. Si ce n'avait pas été vous, ce n'eût été que de la gratitude.

Françoise se demandait si le Capitaine écoutait les déclarations d'Hazel et ce qu'il en pensait.

Ce dernier l'interrogea :

— Comment évolue notre malade ?

— C'est stationnaire.

— Elle a l'air d'aller mieux, cependant.

— Elle a beaucoup moins de fièvre. C'est grâce au traitement que je lui administre.

— En quoi consiste ce traitement ?

— Je lui fais chaque jour une injection de Grabatérium, une substance puissamment pneumonarcotique. Elle prend aussi des capsules de bronchodilatateurs et du Bramboran. Des lavements occasionnels permettent d'évacuer les purulences internes. Les massages ont un pouvoir expectorant grâce auquel la pleurite ne s'étend pas.

— Vous me parlez hébreu. Y a-t-il de l'espoir ?

— Il y en a. Mais cela prendra du temps et, même en cas de guérison, il ne faudra pas arrêter la thérapie : les rechutes de pleurésie ne pardonnent pas.

— Etes-vous toujours disposée à lui prodiguer vos soins quotidiens ?

— Au nom de quoi le refuserais-je ?

— Très bien. J'insiste sur un point : ne vous faites pas remplacer, même pour un jour.

— Je n'en avais pas l'intention.

— Si vous tombiez malade, n'envoyez pas quelqu'un d'autre à votre place.

— J'ai une santé de fer.

— Il se trouve que j'ai confiance en vous. Ce n'est pas dans mes habitudes. J'espère que j'ai raison.

Françoise prit congé et repartit sur le rafiot. Les noms de médicaments qu'elle avait inventés lui donnaient une terrible envie de rire.

Au milieu de la nuit, elle se réveilla en proie à la panique : « Les lavements ! Si les murs ont des oreilles, alors le Capitaine sait que j'ai menti sur ce point. Et c'en est fini du crédit que j'ai auprès de lui. »

Elle essaya de se raisonner : « Il m'a déclaré sa confiance après que je lui ai parlé des lavements. Oui, mais peut-être n'a-t-il pas enregistré aussitôt. Peut-être est-il lui aussi maintenant réveillé à penser à cela. Non, voyons, il faudrait qu'il soit dangereusement maniaque pour s'être aperçu de ce détail. Par ailleurs, s'il écoute nos conversations, c'est qu'il l'est vraiment. Peut-être ne les écoute-t-il pas... Comment savoir ? Si j'étais sûre qu'il ne nous épie pas, j'aurais des choses à dire à Hazel. Comment en être sûre ? Il faut que je tende un piège à cet homme. »

Elle ne parvint pas à dormir à cause du plan qu'elle élaborait.

— Qu'avez-vous, Françoise ? Vous êtes pâle et vous avez les traits tirés.

— J'ai eu une insomnie. Je me permets de vous renvoyer le compliment, Hazel : vous avez mauvaise mine.

— Ah.

— Et depuis que je vous l'ai dit, vous êtes encore plus blême.

— Vous croyez ?

L'infirmière devait recourir à des astuces verbales pour déguiser ses questions en affirmations :

— J'espère que vous dormez bien.

— Pas toujours.

— Voyons, Hazel ! Pour guérir, il faut avoir un excellent sommeil !

— Cela ne dépend pas de mon bon vouloir, hélas. Donnez-moi des somnifères.

— Jamais : je suis contre ces drogues. Bien dormir, c'est une question de volonté.

— C'est faux ! La preuve, c'est que vous avez eu vous-même une insomnie.

— Ça n'a rien à voir. Je puis me le permettre : j'ai de la santé. Si j'étais malade, je ne me l'autoriserais pas.

— Je vous assure que cela ne dépend pas de moi.

— Allons ! Vous manquez de volonté.

— Enfin, Françoise, vous êtes une femme. Il y a des choses que vous pouvez comprendre.

— Etre indisposée n'est pas une raison pour ne pas dormir.

— Ce n'est pas cela, balbutia la jeune fille qui passa du blafard à l'écarlate.

— Je ne comprends rien à ce que vous racontez.

— Si, vous comprenez !

Hazel était au bord de la crise de nerfs tandis que la visiteuse gardait un calme olympien.

— Le Capitaine... le Capitaine et moi... nous avons... il a...

— Ah bon, reprit l'infirmière avec une froideur toute professionnelle. Vous avez eu des rapports sexuels.

— C'est tout l'effet que ça vous fait ? demanda Hazel, éberluée.

— Je ne vois pas où est le problème. C'est un comportement biologique ordinaire.

— Ordinaire, quand il y a cinquante-quatre années de différence entre les protagonistes ?

— Du moment que la physiologie le permet.

— Il n'y a pas que la physiologie ! Il y a la morale !

— Rien d'immoral là-dedans. Vous êtes majeure et consentante.

— Consentante ? Qu'est-ce que vous en savez ?

— On ne trompe pas une infirmière là-dessus. Je peux vous examiner pour le vérifier.

— Non, ne faites pas cela.

— Rien que votre réaction le confirme bien.

— Les choses ne sont pas si simples ! s'indigna la jeune fille.

— On est consentante ou on ne l'est pas. Inutile de jouer les vierges effarouchées.

— Que vous êtes dure avec moi ! La réalité est beaucoup plus complexe que vous le dites. On peut ne pas être consentante et cependant éprouver quelque chose de très vif envers celui qui... On peut être dégoûtée par un corps et pourtant fascinée par une âme, de sorte que l'on finit par accepter le corps, malgré sa répugnance. Cela ne vous est jamais arrivé ?

— Non. C'est du chinois, vos histoires.

— Vous n'avez donc jamais fait l'amour ?

— J'ai couché avec mes fiancés sans m'embarrasser de vos états d'âme ridicules.

— Qu'ont-ils de ridicule ?

— Vous essayez de vous persuader que l'on abuse de vous. Vous avez tellement besoin de vous idéaliser, de préserver la belle image que vous avez de vous-même...

— C'est faux !

— Ou alors, comme beaucoup de gens, vous voulez vous poser en victime. Vous aimez l'idée d'être la martyre d'une brute. Je trouve cette attitude méprisable et indigne de vous.

— Vous n'avez rien compris ! clama la pupille en pleurant. Ce n'est pas ça. Ne pouvez-vous imaginer qu'un homme intelligent exerce un terrible empire sur une pauvre fille défigurée, surtout si cet homme est son bienfaiteur ?

— Je vois seulement que c'est un homme âgé qui n'a pas les capacités physiques d'exercer des violences corporelles sur quiconque, a fortiori sur un être jeune.

— Un être jeune mais malade !

— Vous recommencez à jouer à l'agneau du sacrifice !

— Il n'y a pas que les violences corporelles. Il y a aussi les violences mentales.

— Si vous subissez des violences mentales, vous n'avez qu'à partir.

— Partir d'ici ? Vous êtes folle ! Vous savez très bien que je ne peux montrer mon visage.

— Voilà un prétexte qui vous arrange bien. Moi, je dis que vous vivez avec le

Capitaine de votre plein gré. Et il n'y a rien de répréhensible à ce que vous couchiez ensemble.

— Vous êtes méchante !

— Je dis la vérité au lieu de me complaire dans votre mauvaise foi.

— Vous avez dit que j'étais majeure. Quand cela a commencé, je ne l'étais pas. J'avais dix-huit ans.

— Je suis infirmière, pas inspecteur de police.

— Oseriez-vous insinuer que la médecine et la loi n'ont rien à voir l'une avec l'autre ?

— Juridiquement, les mineurs sont sous la protection de leur tuteur.

— Ne trouvez-vous pas que mon tuteur m'a protégée d'une étonnante manière ?

— Dix-huit ans est un âge normal pour une première expérience sexuelle.

— Vous vous fichez de moi ! hurla la jeune fille entre ses sanglots.

— Voulez-vous vous calmer ? dit la visiteuse avec autorité.

— Vous ne trouvez pas qu'un homme qui couche avec une fille gravement défigurée est un pervers ?

— Je n'ai pas à entrer dans ce genre de considérations. Chacun ses goûts. Je pourrais aussi vous objecter qu'il vous aime pour votre âme.

— Alors pourquoi ne se contente-t-il pas de mon âme ? cria Hazel.

— Il n'y a pas de quoi se mettre dans un état pareil, dit Françoise avec fermeté.

Désespérée, la pupille lui jeta un regard déchirant.

— Et moi qui pensais que vous m'aimiez !

— Je vous aime bien. Ce n'est pas une raison pour entrer dans votre comédie.

— Ma comédie ? Oh, partez, je vous déteste.

— Bon.

La jeune femme remballa ses affaires. Au moment où elle allait quitter la pièce, la petite lui demanda d'une voix suppliante :

— Vous reviendrez quand même ?

— Dès demain, sourit-elle.

Elle descendit l'escalier, horrifiée par ce qu'elle avait dû dire.

En bas, la porte du fumoir s'ouvrit.

— Mademoiselle, voulez-vous venir quelques instants ? demanda le Capitaine.

Elle entra. Son cœur battait à se rompre.

Le vieil homme semblait bouleversé.

— Je voulais vous remercier, dit-il.

— Je ne fais que mon métier.

— Je ne parle pas de vos compétences d'infirmière. Je trouve que vous êtes d'une grande sagesse.

— Ah.

— Vous comprenez des choses que les

jeunes femmes, en général, ne com-
prennent pas.

— Je ne vois pas ce que vous voulez dire.

— Vous voyez très bien. Vous avez ana-
lysé la situation avec beaucoup de clair-
voyance. L'essentiel ne vous a pas
échappé : j'aime Hazel. J'ai pour elle un
amour dont vous ne pouvez pas douter.
« Aime et fais ce que tu veux », enseigne
saint Augustin.

— Monsieur, cela ne me regarde pas.

— Je sais. Mais je vous le dis quand
même, car j'ai une grande estime pour
vous.

— Merci.

— C'est moi qui vous remercie. Vous
êtes quelqu'un d'admirable. Et de surcroît,
vous êtes belle. Vous ressemblez à la déesse
Athéna : vous avez la beauté de l'intelligence.

La visiteuse baissa les yeux comme si
elle était troublée, prit congé et fila. Hors
de la maison, l'air marin l'assaillit et la
libéra : elle respira enfin.

« Je sais ce que je voulais savoir », pensa-
t-elle.

Après ses courses à la pharmacie, Françoise alla au café. Ce n'était pas dans ses
habitudes.

— Un calvados, je vous prie.

55

« Depuis quand une femme boit-elle ça ? » se dit le bistrotier.

Les marins regardaient avec étonnement cette jolie personne à l'allure si peu frivole qui semblait absorbée par des pensées capitales.

« A présent que j'en suis sûre, il va falloir redoubler d'attention. Une chance qu'il n'ait pas remarqué mon histoire de lavement. A mon avis, il écoute nos conversations sans avoir à quitter le fumoir, qui doit être relié à la chambre de Hazel par un conduit. Pauvre petite, elle doit être dans un état ! Comment lui dire que je suis son alliée ? Après ce que je lui ai sorti, aura-t-elle encore confiance en moi ? J'aimerais lui écrire un mot, mais c'est impossible : les sbires qui me fouillent ne laisseraient jamais passer la moindre missive. » Quelques jours plus tôt, elle avait surpris l'un d'eux à lire la posologie d'un médicament de sa trousse. Elle lui avait demandé ce qu'il espérait trouver, il avait répondu : « Vous pourriez envoyer des messages codés en soulignant certaines lettres. » Elle n'y eût jamais songé. « Que puis-je contre de tels cerbères ? Je pourrais emporter du papier blanc et écrire en présence de Hazel, mais elle me poserait alors des questions qui seraient entendues : "Que faites-vous, Françoise ? Qu'est-ce que vous notez ? Pourquoi mettez-vous un doigt sur vos lèvres ?" C'est que je n'ai pas la partie

56

facile, avec cette innocente. Non, je dois continuer à suivre mon plan. Si seulement cela ne prenait pas tellement de temps ! »

Elle alla s'installer au bar et interrogea le bistrotier :

— Qu'est-il arrivé au Capitaine, avant qu'il ne s'installe à Mortes-Frontières ?

— Pourquoi vous intéresse-t-il ?

— Je le soigne, en ce moment. Un début de pleurésie.

— Il ne doit plus être tout jeune. La dernière fois que je l'ai vu, c'était il y a vingt ans. Il avait déjà l'air vieux.

— La mer, ça use.

— Dans son cas, ça ne doit pas être seulement la mer.

— Que savez-vous de lui ?

— Pas grand-chose. Si ce n'est qu'il s'appelle Omer Loncours : avouez que ça prédispose à devenir marin. Une carrière assez mouvementée, d'après ce qu'on m'a raconté : il a même été forceur de blocus en mer de Chine. Ça l'a sacrément enrichi. Il a pris sa retraite il y a trente ans.

— Pourquoi si tôt ?

— On l'ignore. En tout cas, il était amoureux.

— De qui ?

— Une femme qu'il avait ramenée sur son bateau. On ne l'a jamais vue. Loncours a acheté l'île et y a installé sa maîtresse.

— C'était il y a trente ans, vous êtes sûr ?

— Certain.

— Comment se fait-il que vous n'ayez jamais vu cette femme ?

— Elle ne quittait jamais Mortes-Frontières.

— Comment saviez-vous qu'elle existait, alors ?

— Par Jacqueline, la cuisinière de Loncours. Elle parlait parfois d'une demoiselle.

— L'avait-elle vue ?

— Je ne sais pas. Les gens du Capitaine ont pour consigne d'en raconter le moins possible, dirait-on. La demoiselle en question est morte il y a vingt ans.

— De quelle façon ?

— Elle s'est jetée dans la mer et noyée.

— Comment !

— Drôle d'histoire, oui. Après des jours et des jours, son corps s'est échoué sur le rivage de Nœud. Une femme tellement gonflée d'eau qu'on aurait dit de la mie de pain. Impossible de dire si elle était belle ou laide. Après l'autopsie et l'enquête, la police a conclu à un suicide.

— Pourquoi se serait-elle tuée ?

— Allez savoir.

« C'est bien mon intention », pensa l'infirmière qui paya et sortit.

A l'hôpital, elle consulta la plus âgée de ses collègues qui avait une cinquantaine d'années. Celle-ci ne lui apprit pas grand-chose.

— Non, je ne sais pas qui c'était. Je ne me souviens plus.

— Comment s'appelait la noyée ?

— Comment l'aurions-nous su ?

— Le Capitaine aurait pu le dire.

— Sans doute.

— Quelle mauvaise mémoire ! N'y a-t-il pas un détail qui vous ait frappée ?

— Elle portait une belle chemise de nuit blanche.

« Les goûts vestimentaires du Capitaine n'ont pas changé », pensa Françoise qui alla consulter les registres. Ils ne l'éclairèrent pas davantage : des dizaines de femmes étaient mortes à l'hôpital de Nœud en 1903, car c'était une année comme les autres.

« De toute façon, Loncours pouvait lui inventer n'importe quelle identité, puisqu'il était le seul à la connaître », se dit-elle.

Elle se demanda où on l'avait enterrée.

Le sourire de Hazel paraissait forcé.

— J'ai réfléchi à notre conversation d'hier.

— Ah, fit la visiteuse avec indifférence.

— Je pense que vous aviez raison. Et cependant, je ne parviens pas à être de votre avis.

— Ce n'est pas grave.

— C'est ce que je crois : on n'est pas forcé d'avoir les mêmes opinions que ses amis, n'est-ce pas ?

— Sûrement pas.

— L'amitié est une chose bizarre : on n'aime ses amis ni pour leur corps ni pour leurs idées. En ce cas, d'où cet étrange sentiment provient-il ?

— Vous avez raison, c'est très curieux.

— Peut-être existe-t-il des liens mystérieux entre certaines personnes. Nos noms, par exemple : vous vous appelez Chavaigne, n'est-ce pas ?

— Oui.

— On dirait châtaigne — et vos cheveux sont châtains. Or, moi, je me nomme Hazel, ce qui signifie noisetier — et mes cheveux sont couleur de noisette. Châtaigne, noisette, nous venons d'une famille identique.

— C'est drôle, un prénom qui veut dire noisetier.

— L'autre nom du noisetier est le coudrier. Les baguettes de coudrier servaient à détecter les sources : comme si ce bois tressaillait dès qu'il sentait la force et la pureté d'une eau sur le point de jaillir. S'appeler Hazel, c'est s'appeler sourcière.

— Sorcière !

— J'aimerais bien être une sorcière. Mais je n'ai aucun pouvoir.

« Quelle erreur », pensa l'infirmière.

60

— Le châtaignier, poursuivit la jeune fille, s'il n'a pas le pouvoir de détecter les sources, est un bois particulièrement résistant, solide, inaltérable. Comme vous, Françoise.

— Je ne sais pas s'il faut s'attacher à la signification des noms. Ils nous ont été donnés à la légère.

— Moi, je crois qu'ils sont l'expression du destin. Dans Shakespeare, Juliette dit que son Roméo serait aussi merveilleux avec un autre nom. Elle est pourtant la preuve du contraire, elle dont le prénom exquis est devenu un mythe. Si Juliette s'était appelée... je ne sais pas...

— Josyane ?

— Oui, si elle s'était appelée Josyane, ça n'aurait pas marché !

Elles éclatèrent de rire.

— Il fait beau, dit la masseuse. Nous pourrions sortir nous promener dans l'île.

La pupille blêmit.

— Je suis fatiguée.

— Cela vous ferait du bien de vous aérer au lieu de rester enfermée.

— Je n'aime pas sortir.

— Dommage. J'aimerais me promener au bord de la mer.

— Allez-y.

— Sans vous, cela ne m'amuse pas.

— N'insistez pas.

« Quelle sotte, enragea la visiteuse. A

l'extérieur, au moins, nous pourrions parler librement. »

— Je ne vous comprends pas. Il n'y a personne sur cette île. Si nous nous promenions, personne ne pourrait vous voir. Vous n'avez rien à craindre

— Là n'est pas la question. Un jour, je suis sortie pour me promener. J'étais seule et pourtant je sentais une présence. Elle me poursuivait. C'était effrayant.

— Vous avez trop d'imagination. Chaque après-midi, je vais à pied du débarcadère à ici et je n'ai jamais vu aucun fantôme.

— Il ne s'agit pas de fantôme. C'est une présence. Une présence déchirante. Je ne peux pas vous en dire plus.

L'infirmière brûlait de demander à la jeune fille si elle avait entendu parler de la précédente maîtresse de Loncours. Elle posa sa question de manière détournée :

— J'aime beaucoup vos chemises de nuit blanches.

— Moi aussi. C'est le Capitaine qui me les a offertes.

— Elles sont magnifiques. Quelle qualité ! Je n'en ai jamais vu de telles dans le commerce.

— C'est parce qu'elles sont anciennes. Le Capitaine m'a dit qu'il les tenait de sa mère.

« Elle n'est au courant de rien », conclut la masseuse.

— C'est triste de posséder de telles chemises de nuit quand on est défigurée. Un pareil vêtement exige un visage parfait.

— Vous n'allez pas recommencer à vous plaindre, Hazel !

— Je voudrais vous en offrir une. Cela vous irait si bien.

— Je refuse. On ne donne pas ce qu'on a reçu.

— Permettez-moi au moins de vous dire ceci : vous êtes belle. Très belle. Alors faites-moi plaisir : soyez-en heureuse, jouissez-en. C'est un tel cadeau.

Avant d'aller au débarcadère, Françoise marcha le long du rivage. Vingt minutes suffisaient à boucler le tour de l'île.

L'infirmière n'était pas du genre à croire aux présences mystérieuses. Elle savait qu'un être humain s'était noyé ici, vingt ans auparavant : elle n'avait donc pas besoin de recourir à l'irrationnel pour trouver ces lieux angoissants.

Contrairement à ses espérances, elle ne repéra aucune tombe. « Suis-je sotte, aussi, de la chercher ! Loncours n'allait pas prendre un tel risque. S'il fallait marquer d'une sépulture chaque endroit où quelqu'un s'est tué, la terre et la mer ne seraient plus que cimetières. »

Cependant, sur la rive qui faisait face à Nœud, elle avisa une avancée de pierre en forme de flèche qui fendait les eaux. Elle la contempla longtemps et, sans qu'elle fût sûre de rien, son cœur se serra.

Le lendemain, à son arrivée sur l'île, elle croisa le Capitaine qui partait.

— Je dois aller à Nœud régler quelques affaires. Exceptionnellement, le bateau effectuera un aller-retour de plus aujourd'hui. N'ayez crainte, il sera ici à l'heure pour vous ramener sur le continent. Je vous laisse seule avec notre petite malade.

La visiteuse se dit que c'était trop beau pour être vrai. Elle eut peur que ce ne fût un piège et marcha à une lenteur extrême jusqu'au manoir, de manière à voir Loncours monter à bord du rafiot. Quand ce dernier appareilla, elle referma la porte derrière elle et courut au fumoir.

Il y avait là un secrétaire dont elle ouvrit chaque tiroir. Parmi des paperasses, elle tomba sur de vieilles photographies ; parmi elles, un portrait daté de 1893 — « l'année de ma naissance », eut-elle le temps de se dire avant de s'apercevoir qu'il montrait une jeune fille belle comme un ange. Un prénom était écrit au dos, à l'encre : « Adèle ».

L'intruse la regarda : elle semblait avoir dix-huit ans. Sa fraîcheur et sa grâce coupaient la respiration.

Françoise songea soudain que Loncours n'était pas l'unique geôlier de cette demeure. Elle referma les tiroirs et monta rejoindre sa patiente.

Cette dernière l'attendait, pâle comme un linge.

— Vous avez dix minutes de retard.

— Est-ce une raison pour avoir une tête pareille ?

— Vous ne vous rendez pas compte ! Vous êtes l'événement de mes jours. Vous n'aviez jamais eu de retard auparavant.

— C'est parce que je prenais congé du Capitaine qui va passer l'après-midi sur le continent.

— Il partait ? Il ne m'en avait pas avertie.

— Des affaires à régler, m'a-t-il dit. Il sera de retour ce soir.

— Quel dommage. J'aurais aimé qu'il ne revienne pas et que vous ayez reçu pour mission de me garder cette nuit.

— Je pense que vous n'avez aucun besoin d'être gardée, Hazel.

— C'est d'une amie que j'ai besoin, vous le savez. Quand j'étais petite, il n'était pas rare que Caroline vienne dormir chez moi. Nous restions des nuits entières à nous raconter des histoires, à inventer des jeux, à rire. J'aimerais que ça recommence.

— Ce n'est plus de notre âge.

— Rabat-joie !

Pendant que la jeune fille avait le thermomètre en bouche, l'infirmière songea à lui poser des questions. Hélas, elle supposa qu'un des sbires de Loncours le remplaçait à son poste d'écoute. Il fallait d'ailleurs espérer qu'on ne l'avait pas vue sortir du fumoir.

— 38.

Elle passa quelques instants dans la salle d'eau, puis revint et commença le massage rituel. Elle était sûre, désormais, que Hazel lui avait toujours parlé librement, sans soupçonner la surveillance exercée par le vieillard sur leurs conversations ; elle voulait à présent sonder la jeune fille sur un autre sujet. L'infirmière prit la parole d'une voix anodine :

— J'ai pensé à notre conversation d'hier. Vous aviez raison : les prénoms, c'est important. Il y en a qui font rêver. Quel est votre prénom préféré, pour une fille ?

— Avant, c'était Caroline. Maintenant, c'est Françoise.

— Vous confondez vos goûts avec vos amitiés.

— Ce n'est qu'en partie vrai. Par exemple, si vous vous étiez appelée

Josyane, ce ne serait pas devenu mon prénom favori.

— N'y a-t-il pas des prénoms que vous aimez sans avoir rencontré personne qui les porte ? continua l'aînée, espérant que le valet qui les écoutait ne lui reprocherait pas ces questions qui n'avaient rien de médical.

— Je n'y ai jamais réfléchi. Et vous ?

— Moi, j'aime le prénom Adèle. Pourtant, je n'ai jamais connu d'Adèle.

La pupille éclata de rire ; la masseuse se demanda comment elle devait l'interpréter.

— Vous n'êtes pas différente de moi ! Adèle, ça ressemble à votre manière française de prononcer mon prénom.

— C'est vrai, je n'y avais pas songé, dit l'infirmière, stupéfaite.

— Comme moi, vous tirez vos goûts de vos amitiés. Pour autant que je suis votre amie, ajouta-t-elle d'une voix plus grave.

— Vous savez bien que vous l'êtes. Croyez-vous que Hazel et Adèle aient la même signification ?

— Sûrement pas. Mais le son est souvent plus important que le sens. Adèle : oui, c'est beau. Je n'ai jamais connu d'Adèle, moi non plus.

« Elle ne ment pas », pensa la visiteuse.

Françoise Chavaigne consulta à nouveau

les registres de l'hôpital de Nœud : aucune Adèle n'y était morte en 1903.

Elle fit un effort de mémoire pour se rappeler à quoi ressemblait l'écriture de Loncours : « Je me fatigue peut-être en vain, si c'est une infirmière qui a noté sous sa dictée — ou si l'écriture, au dos de la photographie, n'était pas celle du Capitaine. »

Elle passa en revue tous les décès féminins de 1903 : une hécatombe ordinaire. « Les hôpitaux ne sont que des mouroirs », se dit-elle. Elle avait presque fini son inventaire quand, en date du 28 décembre 1903, elle avisa :

« Décès : A. Langlais, née à Pointe-à-Pitre le 17/1/1875. »

A., ce pouvait être Adèle, bien sûr, mais aussi Anne, Amélie ou Angélique. Pourtant l'écriture, d'une finesse extrême, évoquait celle vue au verso du cliché. Par ailleurs, deux éléments retenaient son attention. Le bistrotier lui avait raconté que Loncours avait ramené à bord de son bateau cette femme qui, cependant, ne portait pas un prénom étranger : la Guadeloupe convenait bien à cette histoire. En outre, la date de naissance coïncidait avec l'âge supposé de la jeune fille sur la photo.

Enfin, la cause de la mort n'était pas précisée : ce n'était pas plus normal que ce prénom limité à son initiale. La règle voulait que les noms fussent inscrits en entier et que la maladie ou la circonstance du décès fût indiquée. « Quelle erreur, Capitaine ! Le silence est plus tapageur que tout. En plus, vous auriez pu omettre le "née à", qui pouvait rester sous-entendu et qui me signale le sexe du cadavre. Evidemment, vous ne pouviez pas vous douter que, vingt années après les faits, une curieuse viendrait mettre son nez dans vos secrets. »

Le lendemain, le Capitaine la manda au fumoir.

— Je suis déçu, mademoiselle. Très déçu. Je m'étais trompé sur votre compte.

L'infirmière blêmit.

— J'avais en vous une telle confiance. Elle est détruite à jamais, à présent.

— Je n'ai pas d'excuse, monsieur. J'avais besoin d'argent : c'est pour cela que j'ai ouvert les tiroirs du secrétaire.

Loncours la regarda avec stupéfaction.

— Parce que en plus vous avez fouillé mon secrétaire ?

Elle ressentit une panique terrible mais continua à jouer à la voleuse :

— J'espérais y trouver des espèces, ou des objets précieux que j'aurais pu revendre. Comme rien ne m'a semblé avoir de la valeur, je n'ai rien pris. Renvoyez-moi.

— Il n'est pas question que je vous renvoie. Au contraire.

— Puisque je vous dis que je ne vous ai rien pris !

— Arrêtez cette comédie. Ce n'est pas l'argent qui vous intéresse. Encore heureux que je sois allé à Nœud hier : sinon, je serais toujours en train de me fier à vous.

— Vous avez enquêté sur mon compte ?

— Ce ne fut même pas nécessaire. Je passais dans une rue quand le pharmacien m'a vu : il est sorti de son officine pour me dire des choses du plus grand intérêt. Ainsi, il paraît que vous lui achetez un thermomètre par jour.

— Et alors ?

— Et alors ce brave homme s'est demandé ce que vous faisiez avec ce thermomètre quotidien. Il ne pouvait pas mettre ça sur le compte de la maladresse. Casser un thermomètre par jour ne pouvait être qu'intentionnel. Il en a conclu que vous cherchiez à empoisonner quelqu'un au mercure.

Elle rit :

— Moi, une empoisonneuse ?

— Le pharmacien s'est renseigné et a appris que vous me réserviez en ce moment vos soins assidus. Il a pensé que vous tentiez de m'assassiner. Je l'ai détrompé en lui disant de vous le plus grand bien. Malheureusement pour vous, il semble m'avoir cru.

— Malheureusement pour moi ?

— Oui. S'il avait persisté à vous prendre

pour une criminelle, il aurait peut-être averti la police, qui se serait inquiétée de votre disparition.

— Il n'y a pas que la police. Les gens de l'hôpital vont se poser des questions.

Il sourit.

— Ce détail-là est déjà réglé. J'ai annoncé ce matin à votre supérieure que je vous épousais et que vous ne reviendriez plus travailler.

— Quoi ?

— Et la meilleure, c'est qu'elle s'est exclamée : « Je m'en doutais ! Quelle malchance pour moi et quelle chance pour vous ! Une personne si bien, si belle et si droite. »

— Je refuse de vous épouser.

Il rit.

— Vous m'amusez. Ce matin, j'ai fouillé les appartements de ma pupille et dans la salle d'eau, au fond d'un placard, j'ai découvert le pot aux roses : la bassine contenant le mercure. Je ne sais pas ce qui m'émerveille le plus : votre intelligence ou votre bêtise. Intelligence, car il fallait y penser : chaque jour, vous étiez fouillée par mes hommes qui avaient reçu pour consigne de ne laisser passer aucune substance réfléchissante. Mais qui aurait songé au mercure du thermomètre ! Pas mal non plus, le coup du tub nécessaire à un prétendu lavement.

— Je ne comprends rien à ce que vous racontez.

— Et que comptiez-vous en faire, de ce mercure ?

— Rien. Il m'arrivait de casser un thermomètre par inadvertance et, par souci d'hygiène, je récoltais le mercure dans cette bassine.

— Très drôle. Il a fallu en briser plus de dix pour avoir tant de mercure. Et c'est ici qu'intervient votre bêtise ou, du moins, votre naïveté : à votre avis, pour en avoir assez pour former une véritable pellicule réfléchissante, combien de thermomètres faudrait-il casser ?

— Comment le saurais-je ?

— Au moins quatre cents. Sans doute pensiez-vous que vous aviez tout votre temps, n'est-ce pas ? J'imagine que vous aviez programmé la guérison de ma pupille pour l'année prochaine.

— Hazel est réellement malade.

— C'est possible. Mais elle n'a pas de fièvre. J'ai vérifié — moi aussi j'ai un thermomètre. Au fait, n'avez-vous pas été désappointée de constater que, au fond de la bassine, loin de s'assembler en flaque, le mercure s'obstinait à rester à l'état de gouttelettes ? C'est l'une de ses propriétés.

— A partir d'une certaine quantité, cette propriété disparaît.

— J'apprécie que vous cessiez enfin de nier les faits. En effet, cette propriété-là

73

disparaîtrait, à condition que vous ne mettiez pas un an et demi à remplir cette cuvette. Car le mercure a d'autres propriétés. Chère mademoiselle, si je ne doute pas de vos talents d'infirmière, je me permets de douter de votre génie de chimiste. Les miroitiers ont cessé d'utiliser le mercure depuis plus de vingt ans. D'abord parce qu'il n'est pas indispensable et surtout parce qu'il est très toxique.

— Caché au fond d'un placard, il ne pouvait nuire à personne.

— A personne, sauf à la bassine, chère amie. Dans un mois, dans deux mois, la faïence du tub aurait été attaquée, libérant ainsi vos précieuses réserves. Et tous vos efforts anéantis. Vous auriez eu une crise de nerfs, à le constater.

— Les crises de nerfs, ce n'est pas mon genre. Ensuite, vous n'êtes pas absolument certain de ce que vous avancez : la cuvette aurait pu résister. Et si le pharmacien ne vous avait pas mis la puce à l'oreille, j'aurais réussi mon coup.

— Aussi, fallait-il être simplette pour croire que l'on pouvait acheter un thermomètre par jour sans attirer l'attention, et ce pendant plus d'une année ! Pourtant, je ne vous ai pas encore dit le plus drôle. La miroiterie, je m'y connais. Vous devinez que j'ai eu des raisons de m'y intéresser. Eh bien, ma chère, à supposer que, contre toute vraisemblance, vous ayez pu acheter quatre cents thermomètres sans vous faire remarquer et que la faïence ait résisté, cela n'aurait quand même pas marché.

— Pourquoi ?

— Parce que, sans une pellicule de verre à la surface, votre mercure n'eût pas renvoyé de reflet. Vous avez beau avoir des nerfs d'acier, je crois que vous auriez sangloté en vous en rendant compte. Car vous pensez bien que la fouille de mes hommes n'eût jamais laissé passer une vitre.

— Je ne vous crois pas. Il y a un reflet dans le mercure.

— C'est exact. A une seule condition : il faut imprimer à ce mercure un mouvement de rotation. En l'occurrence, en secouant légèrement la bassine, ce n'eût pas été difficile. Mais vous auriez obtenu une surface concave : tendre ce miroir déformant à la pauvre enfant, c'eût été le comble du sadisme, vous ne trouvez pas ?

Il éclata de rire.

— Vous êtes effectivement bien placé pour me faire une telle objection !

— Moi, c'est différent. J'aime Hazel, je sers ma cause. La fin justifie les moyens.

— Si vous l'aimiez, vous chercheriez plutôt à la rendre heureuse, non ?

— C'est vrai que mademoiselle a une grande expérience de l'amour. Trois fiancés sans intérêt et pour lesquels vous n'éprouviez rien, n'est-ce pas ? Et puis, Hazel est heureuse.

Cette fois, ce fut elle qui ricana.

— Cela crève les yeux, cher monsieur ! Evidemment, vous ne devez avoir aucune idée de ce que pourrait être une femme heureuse. J'imagine que la précédente, Adèle, vous paraissait très heureuse, elle aussi. Au point qu'elle s'est suicidée à vingt-huit ans. Pour autant que c'était un suicide.

Le vieillard blêmit.

— Si vous connaissez son nom, c'est que vous avez vu la photo dans le tiroir du secrétaire.

— En effet. Une beauté. Quel gâchis !

— Quel gâchis que son suicide, oui. Car vous ne pouvez douter que c'en ait été un.

— Je ne l'en considère pas moins comme un assassinat. Vous l'avez gardée pendant dix ans dans les mêmes conditions que votre pupille. Comment ne se serait-elle pas suicidée ?

— Vous n'avez pas le droit de dire ça ! Comment aurais-je pu vouloir sa mort, moi qui l'aimais plus que tout ? Selon l'expression consacrée, je ne vivais que pour elle. Quand elle s'est suicidée, j'ai souffert à un point que vous seriez incapable de concevoir. Je n'ai plus existé que pour son souvenir.

— Vous ne vous êtes pas demandé pourquoi elle s'est donné la mort ?

— Je sais, j'ai des torts. Vous n'avez aucune idée de ce qu'est l'amour : c'est une maladie qui rend mauvais. Dès que l'on aime vraiment quelqu'un, on ne peut s'empêcher de lui nuire, même et surtout si l'on veut le rendre heureux.

— On, on, on ! Vous voulez dire vous ! Je n'ai jamais entendu parler d'un homme qui ait réservé à sa bien-aimée un sort pareil.

— C'est normal. L'amour n'est pas une expérience très courante chez les humains. Je suis sans doute le premier cas que vous rencontrez. Car j'ose vous croire assez intelligente pour comprendre que les comportements sentimentaux de vos congénères ne méritent pas le nom d'amour.

— Si l'amour consiste à nuire, pourquoi n'êtes-vous pas plus expéditif ? Pourquoi ne pas avoir tué Adèle dès votre première rencontre ?

— Parce que ce n'est pas si simple. L'amoureux est un être complexe qui cherche aussi à rendre heureux.

— Dites-moi en quoi vous cherchez à rendre Hazel heureuse. Cela m'échappe.

— Je l'ai sauvée de la misère noire qui était la sienne. Elle vit ici dans le luxe et l'insouciance.

— Je suis sûre qu'elle préférerait cent fois être pauvre et libre.

— Elle est ici couverte d'attentions, de tendresse, d'adoration et d'égards. Elle est aimée : elle le sait et elle le sent.

— Ça lui fait une belle jambe.

— Parfaitement. Vous ne savez pas ce que c'est, vous, le bonheur d'être aimée.

— Je connais, moi, le bonheur d'être libre.

Le vieillard ricana.

— Et cela vous tient chaud, la nuit, dans votre lit ?

— Puisque nous en arrivons à ce sujet qui vous obsède, sachez que Hazel a la hantise de ces nuits où vous la rejoignez dans sa chambre.

— C'est ce qu'elle dit, oui. Pourtant, elle aime ça. Il y a des signes qui ne trompent pas, vous savez.

— Taisez-vous, vous êtes ignoble !

— Pourquoi ? Parce que je donne du plaisir à ma bien-aimée ?

— Comment une jeune fille aurait-elle envie d'un homme aussi répugnant que vous ?

— J'en ai les preuves. Mais je doute que vous soyez bien renseignée sur la question. Le sexe, ça ne m'a pas l'air d'être votre rayon. Pour vous, le corps, c'est une chose qu'on ausculte et qu'on soigne, et non un paysage que l'on fait exulter.

— Enfin, même si vous lui donnez du plaisir, comment pouvez-vous croire que cela suffit à la rendre heureuse ?

— Ecoutez, elle a le luxe, la sécurité financière, elle est follement aimée dans tous les sens du terme. Elle n'est pas à plaindre.

78

— Vous vous obstinez à omettre un petit détail, n'est-ce pas ? L'inimaginable imposture dans laquelle vous l'entretenez depuis cinq années !

— C'est un détail, en effet.

— Un détail ! Je suppose que vous avez recouru à un stratagème identique avec Adèle ?

— Oui, puisque c'était pour elle, au départ, que j'avais construit cette maison.

— N'avez-vous jamais pensé que c'est cette horrible machination qui l'a poussée au suicide ? Comment osez-vous dire que c'est un détail ?

Loncours s'assombrit.

— Il me semblait que, si elle parvenait à m'aimer, elle ne se soucierait plus de ça.

— Vous devriez savoir, maintenant, que vous vous trompiez. La première fois, vous aviez au moins l'excuse de l'ignorer. A présent, malgré l'échec de votre expérience avec Adèle, vous recommencez avec Hazel ! Vous êtes un criminel ! Ne voyez-vous pas qu'elle va se suicider, elle aussi ? Les mêmes causes produisent les mêmes effets !

— Non. Je n'avais pas réussi à rendre Adèle amoureuse : je m'y prenais mal. J'ai tiré les leçons de mes erreurs : Hazel m'aime.

— Vous êtes d'une prétention grotesque. Comment une jeune fille délicate pourrait-elle s'éprendre d'un vieillard lubrique ?

Le Capitaine sourit.

— C'est curieux, n'est-ce pas ? Cela m'a étonné aussi. Peut-être les délicates jeunes filles ont-elles une prédilection secrète pour les vieux dégoûtants.

— Peut-être aussi la jeune fille en question n'avait-elle pas le choix. Ou peut-être le vieillard se trompe-t-il quand il la croit amoureuse.

— Vous aurez désormais tout le temps de réfléchir à ces conjectures sentimentales puisque, comme vous l'avez compris, vous ne quitterez plus Mortes-Frontières.

— Vous allez me tuer, ensuite ?

— Je ne pense pas. Cela ne me plairait pas, car je vous aime bien. Et puis, Hazel rayonne depuis que vous vous occupez d'elle. C'est un être fragile, même si elle n'est pas aussi malade que vous le prétendez. Votre disparition l'affecterait en profondeur. Vous continuerez donc à la soigner comme si de rien n'était. Vous avez momentanément la vie sauve, mais n'oubliez pas que vos conversations sont écoutées : au moindre mot ambigu, je vous envoie mes hommes.

— Très bien. Dans ce cas, je monte aussitôt chez Hazel : je n'ai déjà que trop tardé.

— Je vous en prie, faites à votre convenance, dit Loncours avec ironie.

La pupille l'attendait, le visage décomposé.

— Je sais, j'ai beaucoup de retard.

— Françoise, c'est affreux : je n'ai plus de fièvre.

— Le Capitaine vient de me l'annoncer : c'est une bonne nouvelle.

— Je ne veux pas guérir !

— Vous êtes loin d'être guérie. La température n'était qu'un symptôme de votre maladie qui, elle, n'est pas près de déloger.

— C'est vrai ?

— Oui, c'est vrai. Quittez donc cette expression désemparée.

— C'est que... je guérirai un jour. Notre séparation n'est que partie remise.

— Je vous jure que non. J'ai la certitude que votre mal est chronique.

— Comment se fait-il, alors, que je me sente tellement mieux ?

— C'est parce que je vous soigne. Et je ne cesserai jamais de m'occuper de vous. Si j'arrêtais, vos troubles reprendraient.

— Quel bonheur !

— Je n'ai jamais vu quelqu'un aussi ravi d'être en mauvaise santé.

— C'est un don du ciel. Quel paradoxe : je n'ai jamais été aussi pleine de vie et d'énergie que depuis le commencement de la maladie.

— C'est parce que vous étiez déjà souffrante auparavant, sans le savoir. A présent, mes traitements et mes massages vous ont ragaillardie.

Hazel rit.

— Ce ne sont pas vos massages, Françoise, même si je ne doute pas de leur qualité. C'est vous. C'est votre présence. Cela me rappelle un conte indien que j'ai lu quand j'étais petite : un puissant rajah avait une fille qu'il chérissait. Hélas, un mal mystérieux s'empara de la fillette : elle dépérissait sans que personne comprît pourquoi. On manda les médecins du pays entier, avec cet avertissement : « Si vous parvenez à guérir la princesse, vous serez couvert d'or. Si vous échouez, vous aurez la tête tranchée, pour avoir donné un faux espoir au rajah. » Défilèrent dans la chambre de l'enfant les plus grands praticiens du royaume, qui ne changèrent rien à son état et furent décapités. Il n'y eut bientôt plus un seul médecin vivant aux Indes. Vint alors un jeune garçon pauvre qui déclara vouloir soigner la petite. Les gens du palais lui rirent au nez : « Tu n'as même pas un médicament ou un instrument dans ta besace ! Tu cours au-devant de ta perte ! » On introduisit le garçon dans les luxueux appartements de la princesse. Il s'assit au chevet de son lit et commença à lui narrer des contes, des légendes, des histoires. Il racontait merveilleusement et le visage de la petite malade s'éclaira. Quelques jours plus tard, elle était guérie : on sut que le mal dont elle avait souffert était l'ennui. Le jeune garçon ne la quitta jamais.

— C'est joli, mais notre cas est différent : c'est vous qui me racontez les belles histoires.

— Cela revient au même : comme je vous l'ai déjà dit, c'est l'interlocuteur qui suscite la conversation.

— Je vous désennuie, en somme.

— Non. On ne peut pas dire que je m'ennuie. J'ai accès à l'immense bibliothèque du Capitaine et j'ai la chance d'adorer lire. C'est de solitude que je souffrais avant votre arrivée.

— Que lisez-vous ?

— De tout. Des romans, de la poésie, du théâtre, des contes. Je relis aussi ; il y a des livres qui sont encore meilleurs à la relecture. J'ai lu soixante-quatre fois *La Chartreuse de Parme* : chaque lecture était plus excitante que la précédente.

— Comment peut-on vouloir lire soixante-quatre fois un roman ?

— Si vous étiez très amoureuse, voudriez-vous ne passer qu'une nuit avec l'objet de votre passion ?

— Ça ne se compare pas.

— Si. Le même texte ou le même désir peuvent donner lieu à tant de variations. Ce serait dommage de se limiter à une seule, surtout si la soixante-quatrième est la meilleure.

En l'écoutant, l'infirmière pensa que Loncours avait peut-être raison quand il évoquait le plaisir de la jeune fille.

— Je ne suis pas aussi lettrée que vous, dit la masseuse d'une voix pleine de sous-entendus.

Deux heures plus tard, le vieil homme lui commanda de le suivre.

— Bien entendu, ma pupille ignorera tout de votre présence ici. Vous serez recluse en vos appartements, dans l'autre aile du manoir.

— Et à quoi y passerai-je mon temps, en dehors des deux heures quotidiennes au chevet de Hazel ?

— C'est votre problème. Il fallait y réfléchir avant de vous lancer dans la miroiterie.

— Il paraît que vous possédez une grande bibliothèque.

— Que désirez-vous lire ?

— *La Chartreuse de Parme.*

— Savez-vous que Stendhal a dit : « Le roman est un miroir que l'on promène le long du chemin » ?

— C'est bien le seul genre de miroir auquel votre pupille a droit.

— Il n'en existe pas de meilleur.

Ils parvinrent dans une chambre dont les murs, les fauteuils et le lit étaient tendus de velours rouge sombre.

— On l'appelle la chambre cramoisie. Je n'aime pas tant cette couleur : si je l'ai cependant choisie, c'est par amour pour ce mot que la vie ne permet pas d'employer souvent. J'ai ainsi l'occasion de le prononcer. Grâce à vous, je devrai sans doute en user davantage.

— Dans ma chambre de Nœud, il y a de la lumière. Il y a une vraie fenêtre avec vue sur la mer, non une lucarne impossible à atteindre.

— Si vous voulez de l'éclairage, allumez les lampes.

— C'est la lumière du soleil que je veux. Aucun éclairage ne peut la remplacer.

— Ici, on préfère l'ombre. Je vous laisse vous installer.

— M'installer ? Je n'ai pas de bagages, monsieur.

— Je vous ai préparé quelques vêtements de rechange.

— J'aurai droit moi aussi au trousseau d'Adèle ?

— Vous êtes grande et mince, il devrait convenir. Vous avez une salle d'eau à côté. Un domestique vous apportera votre dîner. Et *La Chartreuse de Parme*, bien entendu.

Il ferma la porte à clef et s'en alla. L'infirmière entendit crier les marches de l'escalier. Bientôt, il n'y eut plus que le bruit assourdi des vagues.

Une heure plus tard, un valet escorté d'un sbire lui porta un plateau : bisque de homard, canard à l'orange, baba au rhum et *La Chartreuse de Parme*.

« Quel luxe ! On cherche à m'en jeter plein la vue », pensa-t-elle. Mais elle n'avait pas l'habitude de manger seule et, pour cette raison, la médiocre nourriture qu'elle partageait au réfectoire de l'hôpital avec ses collègues lui parut plus appétissante.

Après le repas, elle s'allongea sur le lit et commença le roman de Stendhal. Elle en lut plusieurs pages avant de le reposer : « Qu'est-ce que Hazel peut aimer dans ces histoires de batailles napoléoniennes et de gentilshommes italiens ? Cela m'ennuie. C'est peut-être parce que je n'ai pas le moral. »

Elle éteignit la lumière et se mit à penser à un autre livre dont Hazel lui avait parlé et qu'elle avait lu : *Le Comte de Monte-Cristo*. « Chère amie, vous étiez prophétique en évoquant ce roman : me voici désormais, comme vous, prisonnière au château d'If. »

Elle s'attendait à souffrir d'insomnie. Au contraire, elle sombra dans un sommeil comateux. Le lendemain, elle fut réveillée par Loncours qui lui tapotait la main. Elle poussa un cri et fut rassurée de voir derrière lui le domestique qui troquait le plateau du dîner contre celui du petit déjeuner.

— Vous avez dormi tout habillée, sans même entrer dans le lit.

— En effet. Je ne m'attendais pas à être engloutie par un sommeil aussi foudroyant. Y avait-il une drogue dans ma nourriture ?

— Non, vous avez mangé comme nous. Le fait est que l'on dort bien, à Mortes-Frontières.

— Quelle chance pour moi que d'être hébergée en un tel paradis. Pourquoi êtes-vous venu ? Vous auriez pu envoyer l'un de vos hommes, s'il ne s'agissait que de me réveiller.

— J'aime voir dormir de belles jeunes femmes. Il n'y a pas de spectacle plus délicieux pour un vieil homme.

Elle fut à nouveau enfermée à double tour. Après le petit déjeuner, elle se recoucha avec *La Chartreuse de Parme*. A sa grande honte, elle s'ennuyait toujours.

Lassée, elle posa le roman et décida de se montrer frivole. Elle ouvrit l'armoire pour voir les vêtements que le Capitaine avait choisis pour elle. C'étaient des robes à la mode d'il y a trente ans, longues, ouvragées, blanches pour la plupart. « Cette passion qu'ont les hommes pour les femmes en blanc ! » pensa-t-elle.

Elle en prit une qui lui paraissait très belle : elle eut quelques difficultés à la mettre sans l'aide de personne, car elle avait l'habitude de sa blouse de travail qu'elle enfilait en deux secondes. Quand elle fut parée, elle voulut voir à quoi elle ressemblait en ses atours ; ce fut alors qu'elle se rappela l'absence de miroirs.

Elle pesta : « A quoi sert-il de porter des vêtements somptueux si l'on ne peut pas se regarder ? » Elle se déshabilla et résolut d'aller faire sa toilette à côté. Mais il n'y avait ni baignoire ni lavabo dans la salle d'eau. « Toujours cette phobie des reflets ! Cette maison va me rendre folle ! »

Elle resta sous la douche pendant une heure en élaborant des plans qui n'aboutissaient à rien. Ensuite, propre comme du matériel chirurgical, elle se recoucha. « Je n'arrête pas d'avoir envie de dormir, ici ! » Elle se souvint d'une notion qu'on lui avait apprise lors de sa formation : certaines personnes qui, pour diverses raisons, ne sont pas satisfaites de leur sort présent s'en sortent par une solution inconsciente que l'on appelle la fuite dans le sommeil. Selon leur degré de mécontentement, cela peut aller de la somnolence intempestive à la léthargie pathologique.

« C'est ce qui est en train de m'arriver », diagnostiqua-t-elle avec rage. Une minute plus tard, elle pensa que ce n'était pas si mal : « Pourquoi lutter ? Je n'ai rien de mieux à faire, après tout. Ce livre m'ennuie, il n'y a pas de miroir pour mes essayages et réfléchir ne me mène nulle part. Dormir est une occupation merveilleuse et sage. »

Elle prit le large.

Le vieil homme se tenait à son chevet.

— Seriez-vous malade, mademoiselle ?

— Je profite de mon incarcération pour m'administrer une cure de sommeil.

— Voici votre déjeuner. Je viendrai vous chercher dans deux heures pour aller chez ma pupille. Soyez prête.

A moitié assoupie, elle mangea. Puis elle retomba sur le lit et sentit que Morphée l'assaillait à nouveau. Elle finit par se traîner jusqu'à la salle d'eau où elle prit une douche glacée qui l'éveilla. Elle revêtit la robe surannée qu'elle avait déjà essayée. Ensuite, elle se coiffa avec autant de soin que le lui permettait l'absence de miroirs.

Quand Loncours entra dans ses appartements, il tomba en arrêt.

— Que vous êtes belle ! dit-il avec un regard flatteur.

— Ravie de l'apprendre. Si je disposais d'une glace, j'aurais peut-être pu m'en réjouir moi aussi.

— J'avais raison : vous êtes aussi mince qu'elle. Cependant, vous ne lui ressemblez pas.

— En effet, je n'aurai jamais l'air d'un oiseau pour le chat.

Il sourit et l'emmena à l'autre bout du manoir. Il la laissa entrer seule dans la chambre de Hazel qui poussa un cri :

— Françoise, est-ce vous ? Où est votre blouse d'infirmière ?

— La regrettez-vous ?

— Vous êtes magnifique. Tournez-vous. Ah, c'est superbe. Que se passe-t-il ?

— J'ai pensé que, pour vous masser, je n'avais pas besoin d'une tenue particulière. Cette robe me vient de ma mère : j'ai trouvé absurde de ne jamais la porter.

— J'applaudis à cette décision : vous êtes d'une majesté inégalable.

— N'avez-vous pas de beaux vêtements, vous aussi ?

— J'ai vite renoncé à les porter. Comme je passe mon temps au lit, je n'en ai pas l'occasion.

— Le Capitaine serait peut-être heureux de vous voir bien habillée.

— Je ne sais pas si j'ai tellement envie de le rendre heureux.

— Quelle est cette ingratitude ? demanda la masseuse qui jubilait à l'idée que le vieillard entendît cela.

— Je suis sans doute méchante, soupira la pupille. Hier soir, il m'a énervée, je l'ai

trouvé tendu, plus bizarre que jamais. J'ai toujours l'impression qu'il me cache quelque chose — ou plus exactement qu'il cache quelque chose au monde entier. Pas vous ?

— Non.

— N'est-il pas étrange, ce marin qui, malgré sa haine de la mer, vit sur une île à l'écart du genre humain ?

— Non, continua l'infirmière qui se dit que la mer lui rendait bien la haine qu'il lui vouait.

— Comment expliquez-vous ça, alors ?

— Je ne l'explique pas. Cela ne me regarde pas.

— Si même vous, vous ne me comprenez pas...

Sentant le terrain miné, Françoise s'empressa de changer de sujet :

— Hier, suite à notre conversation, je me suis procuré *La Chartreuse de Parme* que je ne connaissais pas.

— Quelle bonne idée ! s'exclama Hazel en grande excitation. Où en êtes-vous ?

— Pas très loin. Pour être sincère, cela m'ennuie.

— Comment est-ce possible ?

— Ces histoires d'armée milanaise et de soldats français...

— Ça ne vous plaît pas ?

— Non.

— C'est beau, pourtant. Peu importe : ce passage n'est pas long. Après, vous arriverez dans tout autre chose. Si c'est de l'amour que vous voulez, il y en aura.

— Ce n'est pas tellement ça qui m'intéresse dans la lecture.

— Et qu'aimez-vous lire ?

— Des histoires de prison, répondit l'infirmière avec un drôle de sourire.

— Vous avez frappé à la bonne porte : les héros stendhaliens vont souvent en prison. C'est le cas de Fabrice del Dongo. Je suis comme vous, j'adore les histoires de prison.

— C'est peut-être parce que vous avez vous-même l'impression d'y être, dit l'aînée qui jouait avec le feu.

— Est-ce nécessaire ? Vous n'avez pas cette impression et cependant ces récits vous passionnent C'est qu'il y a dans l'incarcération un mystère formidable : quand un être humain ne dispose plus d'autres ressources que sa propre personne, comment va-t-il continuer à vivre ?

— Selon moi, ce qui rend la prison intéressante, ce sont les efforts que déploie le détenu pour s'en évader.

— Mais l'évasion n'est pas toujours possible.

— Si, elle l'est toujours !

— Il peut arriver aussi que l'on prenne goût à sa geôle. C'est ce qu'il advient au héros de *La Chartreuse,* qui ne veut plus en être libéré. Françoise, jurez-moi que vous continuerez à lire ce livre.

— Bon.

— Et faites-moi un autre plaisir : coiffez-moi.

— Pardon ?

— Est-il indispensable que vous me massiez sans cesse ? Je demande une récréation : coiffez-moi, j'adore ça.

— Chignon, natte ?

— Aucune importance. Ce que j'aime, c'est que l'on s'occupe de mes cheveux. Il y a des années que l'on ne m'a plus peignée, brossée...

— Il fallait le demander au Capitaine.

— Les hommes sont incapables de toucher une chevelure avec douceur. Il y faut des mains de femme — et encore, pas de n'importe quelle femme. Des mains aimantes, fines, caressantes et habiles : les vôtres.

— Asseyez-vous sur cette chaise.

Hazel s'exécuta, ravie. La jeune femme prit la brosse et la passa dans les longs cheveux de la pupille qui ferma les yeux de volupté.

— Que c'est bon !

L'infirmière fronça les sourcils.

— Voyons, Hazel, imaginez que quelqu'un nous entende, il se poserait des questions...

La jeune fille éclata de rire.

— Personne ne nous entend. Et puis, quel mal y a-t-il à coiffer son amie ? Continuez, je vous prie.

Françoise brossa a nouveau la chevelure noisette.

— C'est un délice. J'ai toujours adoré ça. Quand j'étais petite, les filles de l'école glissaient leurs mains dans mes cheveux : je crois que je les portais longs dans cette intention. C'était terriblement agréable mais je serais morte plutôt que de l'avouer et, lorsque mes amies venaient me coiffer avec leurs doigts, je prenais un air lassé et incommodé qui les provoquait : plus je soupirais avec désapprobation, plus les filles jouaient avec mes cheveux. Je taisais mon plaisir. Un jour, un garçon a voulu s'en mêler : il a tiré si fort que j'ai hurlé de douleur. Moralité : il faut laisser les hommes à leur place.

Les deux jeunes femmes se mirent à rire.

— Vous avez une toison magnifique, Hazel. Je n'en avais jamais vu de si belle.

— Il faut bien que j'aie quelque chose de joli. Dans *Oncle Vania* de Tchekhov, il y a une héroïne disgraciée qui gémit : « On dit toujours aux filles laides qu'elles ont de beaux cheveux et de beaux yeux. » Moi, on ne pourrait même pas me dire que j'ai de beaux yeux.

— Vous n'allez pas recommencer à vous plaindre !

— Rassurez-vous. De quoi me plaindrais-je en éprouvant une si grande volupté ? Peignez-moi, à présent, s'il vous plaît. Ah, je vous félicite, vous vous y prenez à merveille. Le peigne exige plus de talent que la brosse. C'est exquis : vous avez des mains de génie.

— Il est ravissant, ce peigne.

— Et pour cause : il est en bois de camélia. Le Capitaine l'a rapporté du Japon il y a quarante ans.

L'infirmière pensa qu'Adèle avait dû s'en servir avant elle.

— C'est l'avantage de vivre avec un homme qui n'a cessé de parcourir les mers : il m'offre des objets rares qui viennent de loin et raconte des histoires aussi belles qu'exotiques. Savez-vous comment les Japonaises se lavaient les cheveux autrefois ?

— Non.

— Je vous parle des princesses, bien entendu. Plus une Nippone était de haut lignage, plus elle portait les cheveux longs — les femmes du peuple les avaient plus courts, ce qui était plus pratique pour travailler. Quand la chevelure d'une princesse donnait des signes de malpropreté, on attendait un jour de soleil. La noble demoiselle allait alors à la rivière avec ses dames de compagnie : elle se couchait près de la berge, de sorte que sa toison pendît dans l'eau. Les servantes entraient dans la rivière. Chacune prenait l'une des mèches interminables, la mouillait jusqu'à la racine, l'imprégnait de poudres de bois précieux tels que le camphre ou l'ébène, l'en frottait tout du long avec ses doigts, puis la rinçait dans le courant. Ensuite elles sortaient de l'eau et priaient la princesse de s'étendre plus loin, afin que l'on puisse étaler sa chevelure trempée sur la prairie. Chaque dame reprenait la mèche qui lui avait été attribuée, sortait son éventail et se mettait à l'œuvre : comme si cent papillons étaient venus battre des ailes ensemble pour sécher la demoiselle.

— C'est ravissant.

— Mais fastidieux. Avez-vous songé au nombre d'heures que cela durait ? C'est pourquoi les Japonaises du temps jadis ne se lavaient les cheveux que quatre fois par an. On a du mal à imaginer que, dans cette civilisation si raffinée, où l'esthétisme régnait en maître, les belles avaient le plus souvent une tignasse luisante de sébum.

— J'adore votre façon de raconter de jolies histoires pour ensuite en poignarder la poésie.

— Il ne me déplairait pas d'être une princesse nippone : vous seriez ma demoiselle de compagnie et nous irions à la rivière pour que vous me laviez la toison.

— Nous pourrions le faire dans la mer ! dit Françoise, soudain pleine d'espoir à l'idée d'être enfin en mesure de révéler à Hazel ce qu'on lui cachait.

— L'eau de mer est mauvaise pour la chevelure.

— Quelle importance ? Vous les rinceriez ensuite à la douche ! Oh si, allons-y immédiatement.

— Je vous dis que non. Comment voulez-vous que je me croie au Japon si je vois la côte normande ?

— Nous irons face à l'Océan.

— Vous êtes folle, Françoise. Vous n'allez pas entrer dans cette eau glaciale au mois de mars.

— Je suis une dure à cuire. Allons, venez ! supplia-t-elle en la tirant par le bras.

— Non ! Je vous ai déjà dit que je n'avais pas envie de sortir.

— Moi, j'ai envie.

— Vous n'avez qu'à sortir sans moi.

« Je n'en ai pas le droit ! » pensait l'infirmière en traînant Hazel vers la porte. Celle-ci se dégagea et cria avec fureur :

— Quelle mouche vous pique ?

— J'aimerais tellement être seule avec vous !

— Vous êtes seule avec moi !

Désespérée d'avoir pris tant de risques pour rien, la jeune femme ordonna à la pupille de s'allonger à nouveau et se mit à la masser, résignée.

Deux sbires la ramenèrent dans la chambre cramoisie. Le Capitaine ne tarda pas à la rejoindre.

— Attention, mademoiselle. Vous passez les bornes.

— Châtiez-moi donc.

— Je pourrais vous prendre au mot.

— Vous seriez bien ennuyé de devoir me tuer. Hazel en perdrait la raison.

— Il n'y a pas que le meurtre.

— A quoi songez-vous ?

— Je laisse cela à votre imagination. A la prochaine incartade, je sévis.

Françoise Chavaigne passa la nuit à lire *La Chartreuse de Parme*. A son grand étonnement, elle y prit beaucoup de plaisir. Elle finit le roman à six heures du matin.

En début d'après-midi, les hommes de Loncours la conduisirent dans la chambre de la pupille. Cette dernière avait l'air torturé.

— C'est moi qui devrais tirer la tête. Hier, vous m'avez traitée comme une domestique

— Pardonnez-moi, Françoise. Je sais que je ne suis pas toujours très agréable à vivre. Voyez-vous, nous sommes aujourd'hui le 29 mars. Dans deux jours, c'est mon anniversaire et je crève de peur

— Il n'y a pas lieu de craindre d'avoir vingt-trois ans.

— Il ne s'agit pas de ça. Le Capitaine se fait une fête à l'idée que nous ayons un siècle à nous deux. Les vieilles personnes

100

ont de ces lubies avec la symbolique des chiffres. Et j'ai peur de la manière dont il va le célébrer, si vous voyez ce que je veux dire.

L'infirmière jugea prudent de changer de sujet de conversation.

— Vous n'allez pas me croire : j'ai fini *La Chartreuse de Parme*. J'ai passé la nuit à lire.

— Et ça vous a plu ?

— C'est le moins qu'on puisse dire.

S'ensuivit un long questionnement — « Et avez-vous aimé quand... Et avez-vous aimé le moment où... » Comme *La Chartreuse de Parme* est un grand livre, il y eut même une dispute.

— Bien entendu, Fabrice et Clélia sont des imbéciles. La Sanseverina et le comte Mosca sont les véritables héros de cette histoire, tout le monde est d'accord là-dessus. Mais la scène de la prison est si délicieuse qu'on pardonne à ces jeunes sots, commenta Hazel.

— Quand Fabrice la regarde par les fentes de son cachot ?

— Non. Quand il est incarcéré pour la deuxième fois et qu'elle vient lui offrir sa virginité.

— De quoi parlez-vous ?

— Vous avez lu le livre, oui ou non ?

— Je vois à quelle scène vous faites allusion, mais il n'est pas spécifié qu'ils couchent ensemble.

— Ce n'est pas écrit noir sur blanc. Il n'y a cependant aucun doute là-dessus.

— Alors comment expliquez-vous que je n'aie pas eu cette impression à la lecture de ce passage ?

— Vous étiez peut-être distraite ?

— Nous parlons bien de la scène où Clélia vient dans sa cellule l'empêcher de manger son repas empoisonné ?

— Oui. Le texte dit : « ... Fabrice ne put résister à un mouvement presque involontaire. Aucune résistance ne lui fut opposée. » Admirez l'art de cette dernière phrase.

— Vous connaissez le livre par cœur ?

— Au bout de soixante-quatre lectures, c'est la moindre des choses. En particulier ce passage qui est, à mon sens, le plus bel exemple de sous-entendu de toute la littérature.

— Je crois que c'est votre perversité qui voit des sous-entendus dans cette scène.

— Ma perversité ? s'exclama la pupille.

— Il faut vraiment être perverse pour voir un dépucelage dans cette phrase.

— Il faut vraiment être bégueule pour ne pas le voir.

— Bégueule, non. Infirmière, oui. On ne déflore pas les filles de cette manière.

— Seriez-vous experte en cette question, Françoise ? ricana Hazel.

— Je suis simplement réaliste.

— Il ne s'agit pas d'être réaliste, il s'agit d'être littéraire.

— Justement. Le texte dit : « un mouvement presque involontaire ». On ne dépucelle pas avec un mouvement presque involontaire.

— Pourquoi pas ?

— D'abord, je n'appellerais pas ça un mouvement.

— C'est une litote.

— Prendre la virginité d'une fille avec une litote, je trouve ça un peu fort.

— Moi, je trouve ça charmant.

— Ensuite, à supposer que ce mouvement soit bel et bien un dépucelage, il ne peut pas être involontaire.

— Et pourquoi non ?

— Il se consume pour elle depuis des centaines de pages. Il ne va quand même pas lui faire l'amour involontairement !

— Ça ne veut pas dire que c'est fortuit, ni qu'il ne la désire pas. Ça signifie qu'il est submergé par la passion, qu'il ne peut pas se contrôler.

— Ce qui me choque le plus, c'est ce « presque ».

— Il devrait pourtant vous réconforter puisqu'il tempère cet « involontaire » qui vous indispose.

— Au contraire. S'il s'agit d'une défloration, ce « presque » est intenable. Il y a dans ce mot une désinvolture qui rend votre interprétation invraisemblable.

— On peut dépuceler avec désinvolture.

— Pas quand on est amoureux fou.

— Vous ne m'avez pas habituée à ce romantisme, Françoise, dit la jeune fille avec un sourire narquois. Je me rappelle avoir entendu dans votre bouche des considérations sexuelles d'un pragmatisme extrême.

— Précisément : comment voulez-vous qu'il lui fasse son affaire dans un cachot, sur un coin de table ?

— C'est techniquement possible.

— Pas avec une pucelle effarouchée !

— Elle ne m'a pas l'air si effarouchée que ça. Si vous voulez mon avis, elle est venue exprès pour s'offrir à Fabrice.

— Ça ne colle pas avec son caractère de mijaurée. Mais revenons-en à la technique : avez-vous songé à la lingerie féminine de l'époque ? Elle était d'une complexité telle que, pour rendre ce genre de chose possible, la femme devait collaborer. Vous imaginez Clélia coopérant à son propre dépucelage ?

— Les jeunes filles sont parfois d'une hardiesse surprenante.

— Vous parlez d'expérience ?

— Ne changeons pas de sujet. Fabrice est un fougueux jeune homme italien, héros d'un grand roman du siècle dernier. Il est éperdu d'amour pour Clélia et, après une interminable attente, il lui est enfin donné d'être seul avec sa bien-aimée. S'il

ne profite pas de l'occasion, c'est une mau-
viette !

— Je ne dis pas qu'il ne la touche pas,
je dis qu'il lui fait autre chose.

— Ah ! Et peut-on savoir quoi ?

— Le mot « mouvement » me paraît
plutôt suggérer une caresse.

— Une caresse où ? Soyez plus explicite.

— Je ne sais pas... la poitrine.

— Il se contenterait de bien peu, votre
godelureau. Il faudrait qu'il n'ait rien dans
les tripes pour ne pas en vouloir davantage.

— « Mon godelureau » ? Vous parlez
comme si j'étais l'auteur. Je me borne à
commenter ce qui est écrit.

— Balivernes. Le propre des grands
livres est que chaque lecteur en est l'auteur.
Vous lui faites dire ce que vous voulez. Et
vous voulez peu de chose.

— Ce n'est pas ce que je veux. Si Stendhal avait voulu que Clélia perde sa virginité en de telles circonstances, il en aurait
dit plus. Il n'aurait pas expédié ça en deux
phrases imprécises.

— Si, justement. C'est ça, l'élégance.
Vous vouliez des détails ?

— Oui.

— C'est du Stendhal, Françoise, pas du
Bram Stoker. Vous devriez plutôt lire des
histoires de vampires : les scènes d'hémo-
globine vous contenteraient davantage.

— Ne dites pas de mal de Bram Stoker,
je m'en délecte.

— Moi aussi ! J'aime les poires, j'aime les grenades. Je ne reproche pas aux poires d'avoir un goût différent des grenades. J'aime les poires pour leur exquise subtilité, j'aime les grenades pour le sang dont elles maculent le menton.

— L'exemple me semble bien choisi.

— A propos, si vous aimez les vampires, vous devez lire *Carmilla* de Sheridan Le Fanu.

— Pour en revenir à *La Chartreuse*, ne pourrait-on pas considérer que nous avons raison l'une et l'autre ? Si Stendhal s'est contenté de deux phrases, c'est peut-être qu'il voulait être ambigu. Ou peut-être ne parvenait-il pas à se décider lui-même.

— Admettons. Mais pourquoi tenez-vous tant à ce qu'il en soit ainsi ?

— Je ne sais pas. Il me semble que deux êtres peuvent se sentir profondément liés l'un à l'autre sans pour autant s'être connus au sens biblique du terme.

— Nous sommes d'accord.

Le massage continua en silence.

Loncours vint rendre visite à Françoise Chavaigne dans la chambre cramoisie une dizaine de minutes après qu'elle y fut retournée.

— Je vous apporte *Carmilla,* comme je devine que vous allez m'en prier.

— Je vois que vous ne perdez toujours pas une miette de nos conversations.

— J'aurais tort de m'en priver. Entendre deux jeunes femmes débattre de la défloration de Clélia m'a paru délectable. Au fait, je suis de votre avis : je pense que la Conti reste vierge.

— Cela m'étonne de vous. Vous n'êtes pas un partisan de l'abstinence, dit-elle d'une voix narquoise.

— En effet. Mais je considère Fabrice del Dongo comme un crétin absolu. D'où mon opinion.

— Il me paraît normal qu'un vieillard libidineux méprise un jeune homme idéaliste.

— Il est normal aussi qu'une jeune femme pure méprise un vieillard libidineux.

— C'est pour me faire part de vos conceptions littéraires que vous venez me voir ?

— Je n'ai pas de comptes à vous rendre. J'aime vous parler, c'est tout.

— Le plaisir n'est pas partagé.

— Ça m'est égal, chère demoiselle. Moi, je vous aime bien. J'aime indigner votre beau visage.

— Encore une jouissance typique de la sénilité.

— Vous n'avez pas idée du plaisir que ce genre de commentaire me donne. J'adore votre désapprobation. C'est vrai, j'ai les jouissances que je peux. Et figurez-vous qu'elles sont délectables et très supérieures aux satisfactions faciles de la jeunesse. J'étais fait pour être vieux. Ça tombe bien, je le suis depuis longtemps. A quarante-cinq ans, j'avais l'air d'en avoir soixante-cinq. La mer m'avait raviné le visage.

— Je n'ai que faire de vos confessions.

— Quand j'ai rencontré Adèle, j'avais quarante-sept ans et elle dix-huit, mais la différence d'âge paraissait beaucoup plus grande. Pourquoi je vous le raconte ? Parce que vous êtes le seul être humain à qui je puisse parler d'Adèle. Je n'ai jamais parlé d'elle à personne, et pour cause.

— Vous avez besoin d'en parler ?

— Un besoin d'autant plus terrible qu'il est inassouvi depuis vingt années. Hazel n'est au courant de rien et il importe qu'elle ne le sache pas. Cela pourrait lui donner de mauvaises idées.

— Et surtout lui ouvrir les yeux sur le mensonge dont vous usez avec elle. Elle ne sait pas que ses chemises de nuit étaient les siennes. Elle ne sait pas non plus que vous êtes l'architecte de cette étrange maison : elle croit que vous l'avez achetée en l'état.

— Il y a encore bien des choses qu'elle ignore. Et que vous ignorez.

— Dites-les, puisque vous en crevez d'envie.

— Quand j'ai rencontré Adèle, il y a trente ans, à Pointe-à-Pitre, j'ai été foudroyé. Vous avez vu son portrait : un ange tombé du ciel. Auparavant, je n'avais jamais aimé. Le sort avait voulu que j'aie déjà l'apparence d'un vieillard. Orpheline aisée, Mlle Langlais était une jeune personne très courtisée. Je n'avais aucune chance. Et puis, il y a eu cet accident providentiel. Un député était de passage en Guadeloupe et un bal avait été organisé en son honneur. Le tout-Pointe-à-Pitre y était convié — oui, vous n'avez pas idée des singeries auxquelles j'ai assisté dans l'unique but de voir cette jeune fille qui, elle, ne s'apercevait pas de mon existence. Je la regardais danser, hébété et désespéré. Qui, mieux que le vieillard amoureux, connaît la torture d'avoir sous les yeux l'inaccessible absolu ?

— Trêve de sentences définitives. Qu'avez-vous fait ?

— Rien. Pour parler comme les enfants, ce n'est pas moi qui ai commencé. C'est la fatalité qui est intervenue. La fête battait son plein quand un incendie fulgurant s'est déclaré. Ce fut la débandade. Les jeunes hommes qui, cinq minutes plus tôt, offraient leur cœur à Adèle s'enfuirent en hurlant, sans songer à ce qu'elle devenait. La panique avait produit sur elle un effet étrange : elle restait immobile au milieu des flammes, tétanisée, comme absente. Elle s'était pour ainsi dire évanouie debout ; inerte, elle dévisageait le feu avec une terreur fascinée. Et moi, je ne l'avais pas quittée un instant — ce qui prouve, entre nous, que j'étais le seul à l'aimer véritablement.

— Belle excuse.

— Vous direz ce que vous voudrez, mais je lui ai quand même sauvé la vie. Sans moi, nul doute qu'elle eût péri dans le brasier.

— Disons plutôt que vous avez ajourné son décès de dix années.

— Si vous, infirmière, aviez repoussé de dix ans le trépas d'un malade, ne diriez-vous pas que vous lui avez sauvé la vie ?

— Il n'y a aucune comparaison entre mon métier et votre atroce supercherie.

— C'est vrai : vous n'êtes pas amoureuse de vos patients. Revenons en 1893 : j'étais donc au cœur de l'incendie avec Adèle. Dans ma tête, tout s'est déroulé très vite : j'ai su que c'était l'occasion ou jamais. J'ai pris entre mes bras son corps léger et recouvert sa figure avec ma veste. Puis j'ai couru à travers le brasier : à peine avais-je quitté la salle de bal qu'elle s'effondrait en flammes. Dans la panique générale, personne ne me vit fuir en emportant une créature au visage caché. Je la conduisis jusqu'à une chambre que je louais non loin de là.

— Laissez-moi deviner : votre premier soin fut d'en retirer les miroirs.

— Bien entendu. Quand la jeune fille sortit de sa torpeur, je lui annonçai avec douceur et ménagement que son visage avait été brûlé et qu'elle était défigurée. Elle ne se souvenait presque plus de ce qui lui était arrivé et elle me crut. Elle me supplia de lui apporter un miroir. Je refusai avec obstination. Comme elle m'implorait de plus en plus, j'allai chez un miroitier et lui demandai de me confectionner un miroir à main le plus déformant possible, pour faire une farce à un vieil ami. Il s'exécuta de main de maître. J'apportai l'objet à Adèle et le lui tendis en lui disant : « Vous verrez, mademoiselle, je vous avais prévenue. » Elle aperçut dans la glace un visage tuméfié, atroce et inhumain. Elle poussa un cri d'horreur et perdit connaissance.

— Ce miroir, vous l'avez conservé, n'est-ce pas ?

— Une intuition incompréhensible m'ordonna de le garder. Quand la jeune fille sortit de sa pâmoison, elle me parla en ces termes : « Monsieur, vous avez le cœur généreux, vous seul écouterez peut-être la prière d'un être disgracié à jamais : si vous avez de l'affection pour moi, cachez-moi. Dérobez-moi pour jamais au regard d'autrui. Que les gens qui m'ont connue au temps de ma splendeur ne sachent rien de mon état ! Qu'ils gardent de moi un souvenir parfait ! » Je lui répondis que j'étais capitaine et que je m'apprêtais à traverser l'Océan à bord de mon bateau : je lui proposai de m'accompagner. Elle me baisa les mains avec gratitude — c'était un spectacle étrange que cette beauté agenouillée devant moi et posant sur mes paumes sèches et ridées ses lèvres ravissantes.

— Vous êtes infâme.

— Cela ne me dérange pas. Nous avons donc traversé l'Atlantique et nous sommes arrivés à Nœud, qui était déjà le port peu connu qu'il est maintenant.

— C'est précisément pour cette raison que vous aviez choisi Nœud, n'est-ce pas ? Il valait mieux ne pas trop vous faire remarquer.

— C'était surtout pour Mortes-Fron-

112

tières, qui était à l'époque une île déserte. Je laissai Adèle à bord et j'allai négocier l'achat de l'île, ce qui fut beaucoup plus facile que prévu. Ensuite, je dessinai les plans de ce manoir que je fis construire dans le plus grand secret par des corps de métier que je m'ingéniai à recruter au loin. J'y installai la jeune fille qui fut éperdue de reconnaissance à l'idée que j'aie conçu pour elle cette maison sans reflets.

— Etait-elle déjà votre maîtresse ?

— Non, j'ai attendu que nous soyons à Mortes-Frontières. Je voulais que cela se passe dans les meilleures conditions possibles : Adèle avait eu le mal de mer pendant toute la traversée et je voulais qu'elle soit en bonne santé pour ce qui serait sa première fois — car elle était vierge, comme Hazel il y a cinq ans.

— Je ne vous demande pas tant de détails.

— C'est moi qui tiens à vous les dire.

— Vous êtes comme tous les hommes : vous adorez vous vanter de votre vie sexuelle.

— Il faudrait nuancer. D'abord, je n'ai jamais pu en parler à quiconque, pour des raisons que vous comprenez sans peine. Ensuite, autant il me déplairait de m'en ouvrir au tout-venant, autant il me plaît de n'en rien écourter devant une jeune femme belle, sagace et outrée. Oui, Adèle et Hazel étaient vierges. Heureux homme que je suis !

— Cette façon qu'ont les mâles de parler de la virginité des filles comme d'un trophée m'a toujours intriguée. Les chasseurs accrochent à leurs murs des hures de sangliers et des massacres de cerfs : vous, vous devriez y épingler des pucelages.

— L'érotisme est idiot, mademoiselle, mais il est encore plus idiot de s'en priver. La première fois que je vins rejoindre Adèle dans son lit, elle ne voulut pas croire que je la désirais. « Ce n'est pas possible, protesta-t-elle, il faudrait être un monstre pour désirer une fille comme moi ! » Et moi de lui dire : « J'ai appris à chercher au-delà de tes traits déformés et à aimer ton âme » — et elle, qui comme Hazel n'a jamais pu me tutoyer : « Si c'est mon âme que vous aimez, contentez-vous d'elle ! » Les mêmes phrases que ma pupille d'aujourd'hui, les mêmes réticences au nom de leur disgrâce, sans parler des répulsions que leur délicatesse les empêchait d'exprimer...

— ... à savoir que vous n'étiez pas l'amant de leurs rêves.

— Oui. Quelle revanche pour moi, qui n'avais jamais été beau et que la vieillesse avait si tôt frappé ! Vous me traitez d'infâme, mais si ces jeunes filles avaient daigné s'intéresser à moi, je n'aurais pas

114

été obligé de recourir à un procédé aussi malhonnête.

— Allez-vous leur reprocher d'aimer la jeunesse et la beauté ? Ce serait singulier, dans votre bouche.

— Cela ne se compare pas. Je suis un homme.

— Et comme tous les hommes, vous allez me dire que les femmes ne devraient pas aimer la jeunesse et la beauté. C'est étrange : il nous est ordonné d'être jeunes et belles et, dès qu'il s'agit de tomber amoureuses, il nous est conseillé de ne pas tenir compte de ce genre de détails.

— C'est biologique : la femme n'a pas besoin que l'homme soit beau pour le désirer.

— Nous, les femmes, nous sommes de telles brutes que nous serions insensibles à la beauté ? Dites-moi, Capitaine, vous croyez vraiment à ce que vous racontez ?

— Les réactions d'Adèle et de Hazel prouvent le contraire. Mais je trouve qu'il devrait en être ainsi. C'est pour réparer ce qui m'a paru une injustice que j'ai commis cette ignominie.

— Je suis soulagée de vous entendre dire qu'il s'agit d'une ignominie.

— Cela ne signifie pas que j'en ai honte. Comment pourrais-je éprouver des remords après m'être offert les deux plus grands bonheurs de ma vie ?

— Et le suicide d'Adèle, il ne vous empêche pas de dormir ?

— Je vais vous faire un aveu : son suicide m'a torturé pendant quinze années. Quinze ans de souffrance et de désespoir.

— Pourquoi seulement quinze ans ? Que s'est-il passé au bout de quinze années pour que cela cesse ?

— Vous devriez le savoir : j'ai rencontré Hazel.

— Voilà qui est extraordinaire ! Recommencer le même crime vous absout ! Expliquez-moi comment une telle aberration est possible.

— Je reconnais qu'il y a là un mystère. Je vais essayer de vous raconter ce miracle. C'était en janvier 1918. Le hasard, à moins que ce ne fût le destin, m'avait amené à passer ce jour-là chez mon notaire qui habite Tanches, non loin de Nœud. A ma grande stupeur, cette bourgade avait été transformée en hôpital de campagne ou plutôt en mouroir : Tanches était jonchée de corps mutilés et de presque cadavres après une série de bombardements aériens particulièrement meurtriers. J'étais sidéré : à Mortes-Frontières, je vivais enclos sur ma douleur. Aucun soldat n'avait mis le pied sur mon île et j'avais pour ainsi dire ignoré la guerre, dont j'entendais parfois la lointaine rumeur. Je n'avais pas pris conscience de l'ampleur et de l'horreur de ce conflit qui, soudain, m'apparaissait dans

116

son ignoble réalité. Arrivèrent des brancardiers qui déposèrent sur le sol, à côté de moi qui contemplais ahuri ce carnage, un corps recouvert d'un linge — un nouveau parmi tant d'autres.

— Hazel ?

— A votre avis ? Je pensais que c'était un mort de plus quand un brancardier avertit les infirmiers : « Elle vit encore. Ses parents ont été tués sur le coup. » J'appris ainsi qu'il s'agissait d'une jeune fille et qu'elle était orpheline.

— Vous aimez les orphelines, n'est-ce pas ?

— L'avantage, avec les orphelines, c'est qu'il n'y a pas de beaux-parents. Une curiosité foudroyante s'empara de moi : à quoi pouvait-elle ressembler ? Quel âge avait-elle ? Je m'agenouillai près du corps et soulevai le linge : ce fut un choc. Vous savez ce que c'est de découvrir un tel visage. Pour être différent de celui d'Adèle, il n'en était pas moins semblable par cette forme supérieure de grâce dont il portait la marque.

— C'est vrai : la même expression — pour autant que je puisse en juger d'après une photo.

— Je me trouvais dans un tableau de Jérôme Bosch : de toute part la laideur, la monstruosité, la souffrance, la déchéance — et là, soudain, un îlot de pureté intacte. La beauté au cœur de l'immonde. Hazel regardait autour d'elle avec perplexité, l'air de se demander si c'était ça, l'enfer. Puis elle posa sur moi des yeux inquisiteurs. « Etes-vous mort ou vivant ? » m'interrogea une voix d'eau de source. Excellente question, la plus pertinente que l'on puisse me poser. Je n'ai pas réfléchi un instant : je l'ai emportée dans mes bras et j'ai disparu dans mon automobile. La Mort en personne n'eût pas agi autrement. Et je suis parti avec mon trésor.

— Comme ça ?

— Oui. Personne ne l'a remarqué. Vous savez, un blessé de plus ou de moins, les infirmiers n'en étaient pas à cela près. C'était d'ailleurs leur rendre service car ils n'étaient pas assez nombreux pour tant d'agonisants.

— Pourquoi ce linge qui la recouvrait ? On le réserve aux morts et aux grands blessés, en principe.

— Je ne sais pas. Peut-être pour qu'elle ne voie pas les cadavres de ses parents. Ce qui est certain, c'est que celui qui l'a cachée sous ce drap m'a rendu un sacré service. Car si les infirmiers avaient vu son visage, ils ne l'auraient pas oublié.

— Et à Nœud, personne ne vous a vu l'embarquer sur le rafiot ?

— Non. J'ai garé mon automobile près du débarcadère vide, et j'ai transporté son corps comme un cageot de pommes sur le bateau. La mer reste le meilleur rempart quand il s'agit de cacher quelqu'un.

— Comme au château d'If ?

— Ce n'est pas une prison. Hazel peut partir, si elle veut.

— C'est plus fort qu'une prison. Votre mensonge a enfermé Hazel à l'intérieur d'elle-même. Elle crèverait plutôt que de partir. Savez-vous ce qui me frappe ? C'est que vous trouvez l'amour comme le vautour sa nourriture : vous êtes là au moment le plus funeste, à observer et à guetter. Vous repérez les meilleurs morceaux, vous fondez dessus et vous vous envolez au loin en emportant votre butin.

— Ainsi procèdent les fins connaisseurs, tandis que les imbéciles ne pensent qu'à partager leurs merveilles avec la multitude, ce qui est le plus sûr moyen de perdre son butin, et surtout de le voir se muer en une chose vulgaire.

— Ridicule. Avez-vous l'impression que Hazel s'est dépréciée depuis notre rencontre ? Au contraire : elle est devenue plus heureuse et elle rayonne au lieu de dépérir comme avant.

— C'est que, Dieu merci, vous n'êtes pas la multitude.

— Il y aurait donc un moyen terme entre montrer votre pupille à tout le monde et ne la montrer à personne ?

— Savez-vous ce qu'il y a de plus déplaisant en vous ? C'est votre côté donneur de leçons. Attendez d'être amoureuse pour de bon et vous verrez si vous vous conduisez d'une manière si exemplaire. Mais il faudrait que vous soyez capable d'aimer, ce dont je doute, vu votre mentalité étriquée d'infirmière.

— C'est probablement à cause de ma mentalité étriquée que je ne comprends toujours pas pourquoi le second crime annule la culpabilité du premier.

— Vous savez à présent comment j'ai découvert Hazel : il est clair que c'est le destin qui me l'a envoyée. On ne peut pas attribuer une pareille rencontre au hasard. Et si c'est la destinée qui m'a envoyé cette nouvelle jeune fille, ce ne peut être que pour me racheter. Adèle fut mon péché, Hazel est ma rédemption.

— Vous délirez ! Vous reproduisez avec Hazel les mêmes forfaits qu'avec Adèle ! Où est la rédemption là-dedans ?

— La rédemption, c'est que Hazel m'aime.

— Vous croyez ça ?

— J'en suis sûr.

— Et pourquoi vous aimerait-elle ? Que peut-on aimer en vous ?

— Sait-on ces choses-là ?

— Je vais vous dire, moi, ce qui a changé. Il y a trente ans, vous étiez un homme mûr et lucide, capable de voir qu'Adèle ne vous aimait pas. A présent vous êtes un vieillard gâteux, persuadé, comme tous les vieux dégoûtants, d'être

120

plébiscité par les jeunes filles. Ce que vous nommez rédemption s'appelle sénilité.

— Ce que j'aime, chez vous, c'est votre délicatesse.

— Parce qu'il faudrait vous ménager ? Vous êtes grotesque. Adèle avait déjà de bonnes raisons de ne pas vous aimer ; Hazel en a plus encore car vous ne vous êtes pas amélioré en vieillissant, vous savez. Le manque de miroirs a eu sur vous une incidence comique : vous vous croyez irrésistible. Puisse mon visage vous servir de reflet et puissiez-vous y lire combien vous êtes décati, chenu, combien vous inspirez la répulsion et non l'amour.

— Détrompez-vous. J'ai conservé et caché dans ma chambre un grand miroir pour pouvoir juger de ma détérioration physique.

— Et vous n'y avez pas vu combien vous êtes détérioré, pour reprendre votre vocabulaire très approprié ? Vous n'y avez pas vu combien vous avez dépassé l'âge où l'on est aimé d'une jeune fille en fleur ?

— Si.

— Vous me rassurez.

— Un homme qui serait sûr de lui et de sa séduction n'aurait pas mis en œuvre un stratagème tel que le mien.

— Si vous êtes si clairvoyant, comment pouvez-vous penser que Hazel est amoureuse de vous ?

— Demandez-lui à elle, puisque vous ne croyez pas un mot de ce que je vous dis.

— Je vous signale que vous m'avez interdit de lui poser des questions autres que pratiques, sous peine de mort.

— Vous êtes fine, vous trouverez bien un moyen de le lui demander sans l'interroger. Je vous écoute tous les jours depuis des semaines, je commence à connaître vos techniques langagières.

— Si vous nous écoutez, vous avez dû entendre les propos écœurés qu'elle m'a tenus au sujet des nuits où vous la rejoignez dans sa chambre.

— Et vous avez répondu à la perfection à son hypocrisie de vierge effarouchée.

— Je ne pensais pas ce que je disais.

— Dommage. C'était bien.

— Enfin, si elle vous aimait, elle n'appellerait pas au secours une étrangère.

— Elle ne vous appelait pas au secours. Elle se vantait. Quand une femme se plaint des assiduités d'un homme, c'est toujours pour se mettre en valeur.

— En tout cas, une chose est certaine : si Hazel est amoureuse de vous, c'est qu'elle a très mauvais goût.

— Pour une fois, nous sommes d'accord. Adèle avait meilleur goût qu'elle. Si vous saviez combien il est pénible d'inspirer de la répugnance à la femme qu'on aime ! Si au moins, à défaut de m'aimer physiquement, elle avait éprouvé pour moi

une vague tendresse ! Parfois, je la sup-
pliais d'essayer de m'aimer, lui disant que
de toute façon elle passerait sa vie avec moi
et qu'elle serait plus heureuse si elle
m'aimait. A quoi elle répondait : « Mais
j'essaie ! »

— Je comprends qu'elle se soit suicidée,
la malheureuse.

— Pendant les dix années que nous
avons passées ensemble, je ne l'ai presque
jamais vue sourire. Elle allait parfois
s'asseoir au bord de la mer. Elle regardait l'horizon pendant des heures. Je
lui demandais pourquoi, elle disait :
« J'attends quelque chose qui ne vient pas.
Il y a en moi tant de désirs ! J'ai beau savoir
qu'une fille défigurée n'a rien à espérer de
la vie, je ne puis m'empêcher d'attendre que
vienne quelque chose, quelqu'un. » Et elle
concluait par cette phrase qui me déchi-
rait : « Y aurait-il un si profond désir en
moi, si c'était pour qu'il n'aboutisse à
rien ? »

— Comment osez-vous prétendre que
vous l'aimiez ? Elle souffrait le martyre par
votre faute, sous vos yeux ; vous auriez pu
la libérer en quelques phrases et vous ne le
faisiez pas !

— Réfléchissez. Vous me voyez lui dire
la vérité ? « Adèle, je te mens depuis quatre
ans, depuis huit ans. Tu es belle comme un
ange, tu es encore plus belle que tu ne
l'étais à dix-huit ans, avant cet incendie

dont tu es sortie indemne. Tu n'as jamais été défigurée un quart de seconde et, si je t'ai persuadée du contraire, c'était pour que tu ne songes pas à me quitter. Il ne faut pas m'en vouloir, c'est le seul moyen que j'avais trouvé pour te conquérir. » Si je lui avais avoué ça, elle m'aurait tué !

— Et c'eût été une bonne action.

— Concevez, cependant, que je n'aie pas voulu en arriver là.

— Je ne le conçois pas. Moi, si je faisais le malheur de la personne que j'aime, je préférerais mourir.

— Eh bien, c'est que vous êtes une sainte. Moi pas.

— Vous parveniez à être heureux en sachant que vous ruiniez son existence ?

— Oui.

— Ça me dépasse.

— Ce n'était pas le sommet du bonheur mais ce n'était pas mal. Je vivais avec ma bien-aimée, je faisais l'amour avec elle...

— Vous voulez dire que vous la violiez ?

— Toujours vos grands mots ! Non, jusqu'à son suicide, j'étais plutôt content.

— Et quand Hazel se sera suicidée, vous serez content de vous ?

— Elle ne se suicidera pas. Elle est différente. Je ne l'ai jamais vue s'asseoir au bord de la mer et regarder l'horizon.

— Si vous écoutez nos conversations, vous devez savoir pourquoi.

— Oui, cette histoire de présence... Je

crois plutôt qu'elle a un heureux caractère. Dieu ou les dieux, ou je ne sais qui, m'ont offert une grâce sublime : ils m'ont rendu la jeune fille que j'avais perdue, et en mieux. Il y a en Hazel un fonds de gaieté qui ne demande qu'à se réveiller et qui se réveille souvent. Elle est plus sensuelle et moins mélancolique qu'Adèle.

— Ne trouvez-vous pas étrange, pour reprendre votre raisonnement, que ces divines instances vous aient envoyé un cadeau ? Pour vous récompenser de quoi ?

— D'abord, si la divinité existe, je ne sais pas si elle se soucie de la justice. Ensuite, on peut considérer que, d'une manière certes paradoxale, mon attitude est allée dans le sens du bien.

— Dans le sens de votre bien, vous voulez dire.

— Dans le sens du bien des jeunes filles, aussi. Vous en connaissez beaucoup, des hommes qui autant que moi ont consacré leur vie à leur amour ?

— Le voilà qui se pose en exemple, ma parole.

— Ma foi, oui. Pour la plupart des gens, aimer est un détail de l'existence, au même titre que le sport, les vacances, les spectacles. L'amour a intérêt à être pratique, à cadrer avec la vie que l'on s'est choisie. Pour l'homme, c'est la carrière dont tout dépend ; pour la femme, ce sont les enfants. Dans une telle perspective, l'amour ne peut être qu'une passade, une maladie dont la brièveté est souhaitable. D'où des hordes de lieux communs à usage thérapeutique sur le caractère éphémère de la passion. Moi, j'ai prouvé que, si l'on édifiait sa destinée à partir de son amour, celui-ci restait éternel

— Eternel jusqu'au suicide de la pauvre élue.

— Bien au-delà, puisque l'élue me fut rendue.

— Il est beau, votre amour, qui a gâché la vie de deux innocentes.

— Avez-vous jamais songé à ce qu'eût été leur destin sans moi ? Je vais prendre le meilleur des cas : elles auraient épousé des hommes riches, séduits par leur grâce. Quand ceux-ci se seraient habitués à leur charme, ils les auraient oubliées et seraient retournés à leurs affaires. Elles se seraient retrouvées épouses et mères, contraintes, si elles voulaient un peu de sentiment, à entrer dans la comédie de l'adultère bourgeois. Vous dites que j'ai gâché leur vie, quand je les ai sauvées de cette vulgarité qui les eût tuées à petit feu.

— Vous les avez si bien sauvées que l'une des deux s'est donné la mort.

— Mais non ! Si vous admettiez enfin que Hazel et Adèle sont une seule personne, vous comprendriez qu'il n'y a pas eu de mort dans cette affaire. Adèle est revenue sous les traits de Hazel et, comme toute personne qui a péri pour renaître, elle a progressé : Hazel est plus vivante et plus gaie qu'Adèle, plus ouverte à l'amour.

— Je n'ai jamais rien entendu d'aussi grotesque. J'ai toujours trouvé ridicules les histoires de réincarnation ; si en plus la métempsycose doit servir à vous innocenter, c'est le comble !

— Ouvrez les yeux ! Deux jeunes filles de dix-huit ans, orphelines, égales par la beauté et la grâce, toutes deux victimes d'un grave accident qui eût pu les défigurer ; l'une s'appelle Adèle Langlais, l'autre Hazel Englert. Même leurs noms résonnent de façon similaire !

— Vous expliquerez ça au tribunal. Nul doute que vos arguments phonétiques seront convaincants.

— Je n'ai rien à dire à aucun tribunal. Aux yeux de la loi, je n'ai rien à me reprocher.

— Viol, incarcération...

— Ni viol ni incarcération. Je ne les ai pas prises de force et je ne les ai pas empêchées de partir.

— Moi, vous m'empêchez de partir !

— C'est exact. Vous êtes mon seul délit. Vous l'avez bien cherché.

— Ça y est. C'est de ma faute.

— Oui, car vous vous obstinez à ne pas voir mes mérites. Grâce à moi, Adèle-Hazel a une vie de princesse romantique. Elle

127

était faite pour ça, non pour devenir une reproductrice bourgeoise.

— Une femme a d'autres choix : il n'y a pas que les princesses romantiques et les reproductrices bourgeoises.

— Il y a aussi les infirmières raisonneuses qui finissent vieilles filles.

— Il y a aussi les meurtrières. Savez-vous que les femmes tuent très bien ?

— Encore faut-il qu'elles en aient la possibilité.

Loncours claqua dans ses doigts : deux sbires jaillirent de derrière la porte.

— Voyez-vous, mademoiselle, votre vocation nouvelle aurait du mal à s'épanouir ici. Nous prolongerons demain cet agréable entretien. Je vous laisse lire *Carmilla*. Vous ne le regretterez pas.

Au moment de disparaître, il ajouta :

— Ce séjour ici vous sera très profitable. A force de découvrir de bons livres, vous deviendrez un être moins borné.

Françoise Chavaigne lut *Carmilla*. Elle ne fit qu'une bouchée de ce bref récit. Elle y prit beaucoup de plaisir. Ensuite, elle se demanda pourquoi son geôlier avait tenu à ce qu'elle connût ce livre. Elle s'endormit en songeant que si, comme Carmilla, elle avait le pouvoir de passer à travers les murs, elle parviendrait à ses fins.

Le lendemain, elle s'appliqua à n'avoir avec Hazel que des conversations d'une innocence soignée. Elle lui demanda des conseils de lecture.

— Donnez-moi tous les titres que vous pourrez. Je suis en train de découvrir le pouvoir libérateur de la littérature : je ne serais plus capable de m'en passer.

— La littérature a un pouvoir plus que libérateur : elle a un pouvoir salvateur. Elle m'a sauvée : sans les livres, je serais morte depuis longtemps. Elle a sauvé aussi Schéhérazade dans les *Mille et Une Nuits*. Et elle vous sauverait, Françoise, si toutefois vous aviez un jour besoin d'être sauvée.

« Si elle savait combien j'en ai besoin ! » pensa la prisonnière de la chambre cramoisie.

Hazel lui donna un très grand nombre de titres.

— Vous devriez les noter, vous allez les oublier, dit-elle à la masseuse.

— Inutile. J'ai bonne mémoire, répondit celle-ci, sachant qu'une oreille les écoutait et notait à sa place.

Le soir même, Loncours débarqua dans sa chambre avec quatre de ses hommes : ce n'était pas trop d'effectifs pour porter tant et tant de livres.

— Encore heureux que ma pupille ne vous en ait pas suggéré davantage. Vos appartements ne sont pas si vastes.

— Je m'attendais à ce que vous me disiez : « Votre temps de vie n'est plus si long, vous ne pourrez jamais lire tout ça. »

— Cela dépend de vous.

Il renvoya les quatre sbires.

— Voyez-vous, je suis très déçu de vos conversations de cet après-midi avec Hazel.

— Je vois mal ce que vous pouvez leur reprocher.

— Précisément : c'était irréprochable, vos propos littéraires. Un bas-bleu parlant à un bas-bleu. Je me suis ennuyé. Pourtant, je vous avais donné de bonnes idées.

— Ah ? simula l'infirmière avec un air de première communiante.

— Vous auriez pu lui parler de *Carmilla*.

— Pourquoi ?

— Vous l'avez lu ?

— Oui. Et alors ?

Le Capitaine leva les yeux au ciel.

— Petite dinde provinciale, vous n'avez donc rien compris ?

— Qu'étais-je censée comprendre ? s'étonna Françoise avec un visage benêt.

— Vous me décevez beaucoup. A partir de *Carmilla*, vous auriez pu avoir des conversations délectables avec ma pupille. Tandis qu'avec cette dernière livraison, je ne vois rien d'intéressant se profiler à l'horizon : *L'Astrée* — ma parole, Hazel est sans doute la dernière personne qui lit encore Honoré d'Urfé ! — *Introduction à la vie dévote* de saint François de Sales — pourquoi pas du catéchisme, tant que vous y êtes ? — *De l'Allemagne* de Madame de Staël — vous ne pourriez pas avoir des lectures plus...

— Plus quoi ?

— Vous voyez ce que je veux dire, non ?

— Non.

— Je sens que la chambre de Hazel va devenir le salon des précieuses. Vous me parliez de votre temps de vie. Sachez qu'il dépend en grande partie du degré d'intérêt

131

de vos dialogues avec la petite. Si je dois passer des mois à vous écouter commenter saint François de Sales, je me lasserai.

— De quoi voulez-vous donc que nous parlions ?

— Ce ne sont pas les bons sujets qui manquent. Vous pourriez parler de moi, par exemple.

— C'est vrai qu'il n'y a pas de meilleur sujet, sourit-elle.

— Hier, vous avez mis en doute qu'elle pût m'aimer, vous auriez pu aborder la question.

— Monsieur, cela ne me regarde pas.

— Cessez cette comédie. Il est un peu tard pour jouer à l'infirmière parfaite. Au fait, j'ai une devinette pour vous : quel est le rapport entre le mercure et vous ?

— Vous le savez bien.

— Non : je parle ici du lien mythologique qui vous unit.

— Je l'ignore.

— Avec une majuscule, le mercure devient le dieu messager, Mercure. Et quel est le symbole de Mercure ? Le caducée !

— Symbole de la médecine.

— Oui : votre profession. Le même symbole pour les messagers et les médecins. Je me demande pourquoi, ironisa Loncours.

— Il y a des messages qui guérissent.

— Et il y a des infirmières messagères qui voudraient pousser la pertinence mythologique jusqu'à exprimer leur mes-

132

sage par le biais du mercure. Dommage que cela n'ait pas marché.

— C'est une coïncidence dont je vais tirer profit.

— Je pensais que vous l'aviez fait exprès.

— Vous me surestimez.

— C'est vrai : et vous ne cessez de me décevoir. Vous avez l'air si fine, si supérieure, mais quand on vous connaît mieux, on s'aperçoit qu'on a affaire à une paysanne hébétée. Je vous laisse lire sans plus rien espérer de votre esprit. Demain, c'est l'anniversaire de Hazel : ne manquez pas de le lui souhaiter.

Françoise attendit minuit. Quand le plus profond silence se fut installé dans le manoir, elle se mit au travail.

— Nous allons voir à quel point la littérature a un pouvoir subtil, libérateur et salvateur, ricana-t-elle.

Les meubles de la chambre cramoisie étaient massifs et lourds : l'infirmière ne put déplacer que la table où elle mangeait ; elle la plaça le long du mur.

Comme dans toutes les pièces de cette maison, il n'y avait qu'une fenêtre, située à une hauteur inaccessible. Françoise jucha une chaise au-dessus de la table : c'était encore beaucoup trop bas pour atteindre la lucarne. Alors, ainsi qu'elle l'avait prévu, elle utilisa les livres.

Elle commença par les plus larges et épais pour obtenir une assise stable sur la chaise : les œuvres complètes de Victor Hugo furent un matériau de premier choix. Elle continua par des compilations de poésies baroques, rendant grâce à Agrippa d'Aubigné. Après *Clélie* de la Scudéry vint Maupassant, sans que la maçonne se rendît compte de l'énormité d'un tel rapprochement. L'escalier anachronique comporta ensuite saint François de Sales, Taine, Villon, Madame de Staël et Madame de La Fayette (elle pensait avec plaisir au bonheur de ces deux dames à particule à se voir ainsi réunies, les *Lettres de la religieuse portugaise*, Honoré d'Urfé, Flaubert, Cervantès, le *Genji monogatari*, Nerval, les contes élisabéthains de lady Amelia Northumb, les *Provinciales* de Pascal, Swift et Baudelaire — tout ce qu'une jeune fille du début de ce siècle, cultivée, sensible et impressionnable, se devait d'entrouvrir.

Il lui manquait juste un ou deux volumes pour parvenir à la fenêtre. Elle se rappela avoir laissé *La Chartreuse de Parme* et *Carmilla* dans le tiroir de la commode. La tour livresque atteignit alors la hauteur requise.

« Et maintenant, si la pile s'écroule, c'est qu'il n'y a rien à espérer de la littérature », se dit-elle.

L'escalade fut périlleuse : sans ses longues jambes et sa stabilité naturelle, elle n'aurait eu aucune chance — pour affronter le monde des livres, rien de tel que d'avoir le pied sûr.

Quand l'alpiniste fut au sommet, elle posa une fesse sur l'appui de la fenêtre et soupira. Elle retira un soulier et cassa la vitre avec le talon de la chaussure qu'elle tenait comme un marteau. Elle enleva les bris de verre et sortit ses mollets.

Le sol était loin. « Tant pis : c'est ça ou crever », pensa-t-elle. Elle pria saint Edmond Dantès, patron des évasions par chute dans le vide, et sauta. Sa légèreté, sa souplesse et l'intelligence de ses pieds la sauvèrent : elle tomba sans l'ombre d'un heurt, comme si elle avait fait cela toute sa vie.

Ivre de sa liberté retrouvée, elle respira l'air vif à pleins poumons puis élabora un plan de campagne.

Elle se posta sous la fenêtre de Hazel et réfléchit ; l'escalade du mur ne lui paraissait pas impossible mais la chambre de Loncours n'était pas loin : elle ne pourrait casser la vitre sans qu'il l'entendît.

Non, il faudrait se résoudre à emprunter l'escalier intérieur dont les marches criaient. « Mieux vaut que je ne pense plus, sinon je n'aurai pas le courage de commettre un acte aussi insensé », résolut-elle.

Elle pénétra par la porte d'entrée qui n'avait aucune raison d'être fermée à clef. Ses souliers à la main, elle commença l'ascension en retenant sa respiration : chacun de ses pas faisait grincer l'escalier. Terrifiée, elle s'arrêta puis réfléchit :

« Cette lenteur me handicape, elle m'alourdit : si je veux peser le moins possible, il faut que je coure sur la pointe des pieds en montant les marches quatre à quatre. »

Elle retint son souffle, prit son élan et, en quelques bonds capricants, parvint au premier étage avec une remarquable économie de décibels. Elle eut l'excellente idée de ne pas s'arrêter et de continuer sur coussin d'air jusqu'à la chambre de la pupille.

Elle referma la porte derrière elle, respira enfin et attendit que son cœur battît à une vitesse plus normale en regardant la jeune fille qui dormait. L'horloge indiquait une heure du matin. « Il ne m'aura fallu que soixante minutes pour mettre mon plan à exécution. Combien de temps me faudra-t-il, maintenant, pour détruire la prison qui n'existe que dans sa tête ? »

Elle plaça sa main sur la bouche de Hazel afin d'étouffer son cri. La jeune fille ouvrit des yeux terrorisés ; l'infirmière se posa un doigt sur les lèvres pour suggérer le chuchotement.

— Je voulais être la première à vous souhaiter un heureux anniversaire, sourit-elle.

— A une heure du matin ? murmura la pupille, éberluée. Comment êtes-vous venue ?

— Je ne suis pas retournée à Nœud.

Elle lui raconta son incarcération dans

la chambre cramoisie, à l'autre bout du manoir.

— Je ne comprends pas. Pourquoi vous a-t-il enfermée ?

— C'est une longue histoire. Pensez-vous que votre tuteur soit en train de dormir ?

— Mieux que jamais. Il a pris un somnifère afin d'être en pleine forme pour ma nuit d'anniversaire.

— Cela tombe à merveille.

Elle lui raconta l'histoire d'Adèle Langlais. Hazel ne parvint pas à articuler un son. Françoise la secoua :

— Vous n'avez toujours pas compris ? Votre histoire est la même ! Exactement la même !

— Cette fille s'est suicidée ? balbutia la pupille, hébétée.

— Oui, et c'est ce que vous finirez par faire aussi, si vous vous obstinez à refuser la vérité.

— Quelle vérité ?

— Comment, quelle vérité ? Que votre laideur est comparable à celle de feu Adèle — feu Adèle, cela lui va bien : cet incendie qui ne l'avait jamais défigurée mais qui continuait à la consumer de l'intérieur, jusqu'à ce qu'elle se jette à l'eau pour l'éteindre.

— Moi, dans mes rêves, j'entends des bombes qui tombent sur la route...

— Oui, sur la route, mais pas sur vous. Elles vous ont épargnée.

— Mes parents sont morts !

— Ils n'ont pas eu votre chance. Oui, votre chance : en vous regardant, personne ne pourrait imaginer que vous avez été prise sous un bombardement aérien.

— En me regardant, on croit que je suis handicapée de naissance. Quelle consolation !

— Non, sotte ! Je viens de vous dire que vous vivez la même histoire qu'Adèle Langlais ! Seriez-vous idiote ?

— Je n'ai jamais vu cette fille.

— Moi, j'ai vu une photographie d'elle : si belle qu'on en a le cœur poignardé. Je n'ai connu qu'une seule personne dont la beauté m'ait fait plus d'effet : vous.

La jeune fille resta prostrée quelques instants puis elle commença à grimacer et à trépigner :

— Je vous hais, Françoise ! Partez, je ne veux plus jamais vous voir.

— Pourquoi ? Parce que je vous dis la vérité ?

— Parce que vous mentez ! Peut-être parvenez-vous à vous illusionner au point de croire que vous mentez par bonté, pour égayer une pauvre infirme. Ne voyez-vous pas combien vous êtes cruelle ? Avez-vous une idée des efforts que j'ai consacrés, ces cinq dernières années, à accepter l'inacceptable ? Et vous qui venez me tenter, car bien sûr je suis tentée de vous croire, puisque, comme tout être humain, je conserve au fond de mon cœur cette indéracinable capacité d'espoir...

— Il n'y a pas lieu d'espérer, il y a lieu d'ouvrir les yeux !

— Je les ai ouverts, il y a cinq ans, devant ce funeste miroir. Cela m'a suffi !

— Parlons-en, de ce miroir ! Le Capitaine l'a acheté il y a trente ans, chez un miroitier de Pointe-à-Pitre ; cet objet, destiné à faire des blagues à des amis, votre tuteur s'en est servi pour convaincre Adèle de sa métamorphose. Et il a renouvelé l'expérience sur vous, avec le même succès.

— Je ne crois pas un mot de vos élucubrations. Vous dites cela pour discréditer mon bienfaiteur.

— Heureux bienfaiteur qui, par un stratagème habile, a eu pour maîtresses les deux plus belles filles du monde ! Et dites-moi donc quel serait mon intérêt de prendre tant de risques pour venir vous noircir la réputation de ce saint homme ?

— Je ne sais pas. La méchanceté, la fourberie, la malhonnêteté — tout ce que peut cacher un beau visage comme le vôtre.

— Mais qu'ai-je à gagner à vous mentir et pourquoi votre gentil Capitaine me séquestrerait-il, alors ?

— Il vous garde pour moi, afin que vous puissiez continuer à me soigner.

— Vous soigner ? Vous êtes en parfaite santé. Sans doute un rien anémiée par le manque d'air et d'exercice, c'est tout. La seule chose dont il faille vous guérir, c'est de ce poison que votre tuteur vous a inoculé.

— Pourquoi me racontez-vous soudain de telles énormités ?

— Pour vous sauver ! J'ai de l'amitié pour vous, je ne pouvais plus supporter de vous voir vivre un tel enfer.

— Si vous avez de l'amitié pour moi, laissez-moi tranquille.

— Pourquoi refusez-vous de me croire ? Tenez-vous donc tant à vous croire un monstre quand je vous répète que je n'ai jamais vu quelqu'un d'aussi beau ?

— Je ne veux pas nourrir de faux espoirs. Vous ne pouvez me fournir aucune preuve de ce que vous avancez.

— Et vous, vous n'avez aucune preuve du contraire.

— Si. Je me souviens très bien de la première fois que vous m'avez vue. Vous avez eu un choc profond, vous n'avez pas réussi à le cacher.

— C'est exact. Savez-vous pourquoi ? Parce que je n'avais jamais vu un visage aussi sublime. Parce qu'une telle beauté est rare et choque ceux qui la voient.

— Menteuse ! Menteuse ! Taisez-vous ! dit la pupille qui éclata en sanglots.

— Pourquoi vous mentirais-je ? Mon

141

intérêt, en ce moment, serait de filer à Nœud par la mer : je suis une excellente nageuse, je pourrais y parvenir. J'ai pris le risque insensé de rentrer dans la prison que je venais de fuir et ce serait pour vous mentir ?

Hazel secouait convulsivement la tête.

— Si je suis belle, pourquoi avez-vous tant tardé à me le dire ?

— Parce que les moindres de nos paroles étaient surveillées. Un conduit relie votre chambre au fumoir d'où le Capitaine nous écoutait. J'ai songé à vous l'écrire mais j'étais fouillée avant d'entrer ici, le moindre de mes papiers était inspecté, le moindre de mes crayons était confisqué. Je puis vous le dire maintenant parce qu'ils dorment — du moins, je l'espère.

La jeune fille sécha ses larmes en soupirant :

— Je voudrais vous croire. Je n'y parviens pas.

— Votre tuteur possède le seul vrai miroir de cette maison. Il est dans sa chambre. Nous pourrions aller le chercher.

— Non, je ne veux pas. La dernière fois que je me suis vue, j'ai trop souffert.

L'infirmière respira un grand coup, pour s'efforcer de garder son calme.

— C'est donc vrai, ce qu'on m'avait dit. Les prisonniers ne veulent pas de la liberté. Vous me faites le coup de Fabrice del Dongo : vous aimez votre cachot. Il n'y a

142

pas d'autre verrou à votre porte que votre prétendue laideur : je viens vous en offrir la clef et vous n'en voulez pas.

— Ce serait la négation de ce que j'ai vécu depuis cinq ans.

— Je vais finir par croire que vous y tenez, à ces cinq années avec votre vieillard ! Allons, cessez cette comédie et suivez-moi.

Il y eut un combat. Françoise tirait Hazel qui se servait de sa grande force d'inertie pour rester au lit.

— Folle ! Voulez-vous qu'ils nous entendent ?

— Je ne veux pas de ce miroir !

Proche de l'exaspération, Françoise alluma la lumière. Elle prit la jeune fille par les épaules et l'approcha à dix centimètres de sa figure.

— Regardez-vous dans mes yeux ! Vous ne verrez pas grand-chose, mais assez pour constater que vous n'avez rien de monstrueux.

Fascinée, Hazel ne détourna pas le regard.

— Vos pupilles sont gigantesques.

— Elles se dilatent quand il y a quelque chose d'admirable à contempler.

Tandis que la jeune fille se mirait, Françoise répondait mentalement à Loncours : « Vous aviez raison : ce n'est pas pour rien que le caducée relie Mercure à la méde-

143

cine. Je suis autant messagère qu'infirmière. » Puis elle reprit la parole :

— Alors, vous avez vu ?

— Je ne sais pas. Je vois un visage lisse
et d'aspect normal.

— Dans un œil, vous ne pourrez pas
espérer davantage. Maintenant, venez, et
soyez le plus silencieuse possible.

Elles quittèrent la chambre et marchèrent sur la pointe des pieds jusqu'à celle
du vieillard. L'aînée chuchota à la cadette :

— Il faudra d'abord le neutraliser.

Elles entrèrent et refermèrent la porte
derrière elles. Grâce au somnifère, Omer
Loncours dormait en paix, bouche grande
ouverte, l'air inoffensif.

Françoise ouvrit une armoire et prit
deux chemises. Elle murmura à Hazel en
lui en jetant une :

— Vous lui enfoncerez ça dans le gosier
pendant que je lui ligoterai les poignets
avec les manches de celle-ci

Le vieil homme ouvrit des yeux terrifiés
sans pouvoir crier, car il était déjà bâil-
lonné.

— Prenez encore une chemise et atta-
chez-lui les chevilles, ordonna l'infirmière.

Avant qu'il ait compris ce qui se passait,
il était immobilisé dans son lit, pieds et
poings liés.

— Et maintenant, cherchons ce miroir.

Elles eurent beau ouvrir placards et

144

garde-robe et les fouiller, elles ne trouvèrent pas de glace.

— Evidemment, il l'a caché, ce vieux sacripant, grommela Françoise.

Elle choisit l'attaque directe :

— Cher monsieur, il est hors de question que nous vous enlevions votre bâillon. En revanche, il n'est pas impossible que nous nous livrions à quelques jeux assez désagréables sur votre personne si vous ne coopérez pas immédiatement.

Avec son menton. Loncours désignait la bibliothèque.

— Le miroir est-il derrière les livres ? Faut-il tous les enlever ?

Il faisait non de la tête et, avec ses mains attachées, suggérait qu'il fallait pousser l'un d'entre eux.

— Lequel ? Il y a des centaines de livres.

— Enlevons-lui la chemise et il le dira.

— Sûrement pas ! Il en profiterait pour appeler ses sbires ! Non, cherchons un titre qui évoque le miroir.

Hazel trouva *Alice au pays des merveilles* et *De l'autre côté du miroir* : elle les enfonça sans aucun résultat. Elles allaient se décourager quand l'infirmière se souvint des paroles du Capitaine : « Un roman, c'est un miroir que l'on promène le long du chemin. » Elle se rua au rayon Stendhal et poussa *Le Rouge et le Noir*.

La bibliothèque glissa sur le côté pour

laisser place à une psyché si vaste et si haute qu'un cheval entier eût pu s'y mirer.

— C'est le comble, remarqua Françoise. Dans cette maison d'où la moindre glace est bannie, se trouve le miroir le plus grand que j'aie jamais vu !

— Et le plus beau, murmura la pupille.

— Il sera vraiment beau quand il vous reflétera, Hazel.

— Vous d'abord, supplia la cadette. Je veux être sûre que cette glace-ci ne ment pas.

Françoise s'exécuta. La psyché la montra telle qu'elle était, semblable en majesté à la déesse Athéna.

— Bon. A vous.

La petite tremblait comme une feuille.

— Je ne peux pas. J'ai trop peur.

L'aînée se fâcha :

— Ne me dites pas que je me suis donné tant de mal pour rien !

— Qu'y a-t-il de plus effroyable qu'un miroir ?

Le vieillard regardait et écoutait avec une délectation extrême, comme s'il vivait enfin une scène longtemps attendue.

L'infirmière se radoucit :

— Vous avez si peur d'être belle ? Je comprends, même si je le suis moins que vous. La laideur, c'est rassurant : il n'y a aucun défi à relever, il suffit de s'abandonner à sa malchance, de s'en gargariser, c'est si confortable. La beauté, c'est une pro-

146

messe : il faut pouvoir la tenir, il faut être à la hauteur. C'est difficile. Il y a quelques semaines, vous disiez que c'était un cadeau sublime. Mais tout le monde n'a pas envie de recevoir une telle faveur, tout le monde n'a pas envie d'être élu, de voir la stupéfaction charmée dans le regard des autres, d'incarner le rêve des humains, de s'affronter dans la glace chaque nouveau matin pour constater les éventuels dégâts du temps. La laideur, elle est étale, promise à durer. Et puis, elle fait de vous une victime, et vous aimez tellement ce martyre...

— Je le hais ! protesta la pupille.

— Peut-être auriez-vous préféré n'être ni belle ni laide, semblable à la multitude, invisible, insignifiante, sous prétexte que la liberté consiste à être quelconque. Eh bien, je suis navrée pour vous, vous êtes loin du compte, il faudra vous habituer à cette désolante réalité : vous êtes si belle qu'un amateur éclairé a voulu vous dérober à votre propre regard pour jouir seul du spectacle. Il y a réussi cinq années durant. Hélas, cher Capitaine, les meilleures choses ont une fin. Les pires hantises se réalisent. Il va falloir partager le trésor avec beaucoup d'autres gens, dont le trésor lui-même — charité bien ordonnée... Hazel, en l'honneur de votre anniversaire, je vous offre à vos yeux.

Françoise empoigna la jeune fille par les épaules et la jeta devant la psyché. La pupille, tel un satellite, entra dans le champ d'attraction du miroir et en devint aussitôt prisonnière : elle venait de rencontrer son image.

Vêtu d'une chemise de nuit blanche et de longs cheveux épars, le reflet était d'une fée. Son visage était celui qui revient une ou deux fois par génération et qui obsède le cœur humain jusqu'à l'oubli de sa misère. Découvrir une telle beauté, c'était guérir de tous ses maux pour contracter aussitôt une maladie plus grave encore et que la Mort en personne ne rend pas plus supportable. Celui qui la voyait était sauvé et perdu.

Quant à ce que pouvait ressentir celle qui se découvrait telle, nul ne le saura jamais, à moins d'être elle.

Hazel finit par cacher son visage derrière ses mains en balbutiant :

— J'avais raison : qu'y a-t-il de plus effrayant qu'un miroir ?

Elle s'évanouit

Françoise s'empressa de la ranimer.

— Reprenez-vous ! Vous tomberez dans les pommes quand nous serons hors de danger.

— Ce qui m'arrive est tellement ahurissant. J'ai l'impression d'avoir été assommée.

— C'est un sacré choc, en effet.

— Plus que vous ne l'imaginez. Je me souviens de moi avant le bombardement :

je n'étais pas... comme ça. Que s'est-il passé ?

— Il s'est passé que vous êtes sortie de l'adolescence.

La jeune fille restait inerte, incrédule. L'infirmière se mit à réfléchir à haute voix :

— A présent, il va falloir débattre d'un plan de campagne. Mieux vaut ne pas attendre que les sbires se réveillent. L'idéal serait que nous trouvions une arme. Où diable pourrait-il y en avoir une dans cette maison ?

Loncours rugit derrière son bâillon. Il montra la psyché avec son menton.

— Qu'essayez-vous de me dire ? demanda Mlle Chavaigne. Qu'un miroir est une arme ?

Il fit non de la tête et continua à désigner la glace. Françoise la retourna : un pistolet y était accroché. Elle s'en empara et vérifia qu'il était chargé.

— Bonne idée, de ranger ensemble les objets dangereux. Si vous nous révélez si aisément vos cachettes, c'est que vous voulez coopérer. Je vais donc vous enlever le bâillon : au moindre cri, je vous assure que je n'hésiterai pas à tirer.

Elle retira la chemise de sa bouche. Il respira et dit :

— Vous n'avez rien à craindre. Je suis de votre côté.

— Dites plutôt que vous êtes notre otage. Le jour où j'aurai confiance en vous ne risque pas d'arriver. Vous m'avez séquestrée, vous m'avez menacée de mort...

— J'avais alors à perdre. Plus maintenant.

— Hazel est encore sous votre toit.

— Oui, mais elle sait. Je l'ai perdue.

— Vous pourriez être tenté de la garder par la force.

— Non. Contrairement à ce que vous pensez, je n'aime pas contraindre. Pendant ces cinq années merveilleuses, j'ai gardé Hazel par la ruse : l'avoir par violence ne me tente pas. Je suis un délicat.

— Et il se vante, en plus.

— Evidemment, un homme délicat, vous ne devez pas savoir ce que c'est, ma pauvre demoiselle.

— Ce que vous avez fait ne me paraît pas le signe d'une grande délicatesse.

— Peu importent mes torts puisque je les rachète. Je suis à la tête d'une fortune colossale. Je l'offre à Hazel jusqu'au dernier sou.

— Je ne pense pas que votre argent puisse effacer le vol de cinq années de sa vie.

— Ne soyez pas grotesque, avec vos lieux communs. D'abord, elle n'a pas été si malheureuse. Ensuite, pour une orpheline sans le sou, acquérir un tel pactole sans avoir dû épouser quiconque, ce n'est pas mal.

150

— Vous la prenez pour une putain ou quoi ?

— Au contraire. Il n'y a aucun être au monde que j'aie autant aimé. Elle le sait, c'est pourquoi elle acceptera.

— Elle a surtout à se venger. Qu'attendez-vous, bon sang ? continua-t-elle en se tournant vers la jeune fille. Vous restez là, prostrée, absente, alors que vous avez enfin compris de quelle imposture vous étiez la victime depuis si longtemps. Vous rappelez-vous quand vous me disiez que le Capitaine cachait quelque chose, qu'il avait un secret et que ce devait être grave ? Eh bien, c'était votre visage, le secret, dont la beauté aurait déjà dû incendier le monde depuis cinq années — cinq années que vous avez étouffées dans le dégoût de vous-même. Le criminel est devant vous, pieds et poings liés.

— Que voulez-vous que je fasse ? murmura la pupille qui restait assise par terre, immobile.

— Frappez-le, giflez-le, insultez-le, crachez-lui dessus !

— A quoi cela servirait-il ?

— A vous soulager !

— Ça ne me soulagerait pas.

— Vous me décevez. M'autorisez-vous à vous remplacer ? J'aimerais bien, moi, le secouer comme un prunier en lui disant ses quatre vérités, à ce vieux salaud répugnant !

Ces paroles réveillèrent la jeune fille qui se leva et s'interposa entre Françoise et Loncours en suppliant :

— Laissez-le tranquille !

— Vous avez pitié de lui ?

— Je lui dois tout.

L'infirmière en resta bouche bée, puis elle reprit, au comble de la fureur, en gardant le pistolet braqué sur la tête du vieillard :

— Les bras m'en tombent ! Seriez-vous stupide ?

— Sans lui, je ne serais rien, ânonnait la pupille.

— Vous dites ça pour la fortune qu'il vous offre ? C'est le moindre des dédommagements, si vous voulez mon avis.

— Non, je pensais aux choses sans prix qu'il m'a données.

— Oui : une prison, le viol hebdomadaire, l'abjection — ça vous plaisait, au fond ? Il avait raison, ce vieux cochon.

La jeune fille secoua la tête avec indignation.

— Vous n'avez rien compris. Ce n'était pas comme ça.

— Enfin, Hazel, c'est vous-même qui m'avez dit que ça vous dégoûtait, que ça vous rendait malade, que chaque nuit vous redoutiez sa venue dans votre lit !

— C'est la vérité. Mais ce n'est pas si simple.

Françoise prit une chaise et s'assit,

152

comme effondrée par ce qu'elle entendait, sans pour autant cesser de viser la tempe de Loncours.

— Expliquez-moi donc la ridicule complexité de vos états d'âme.

— Je viens juste de rencontrer mon visage. Selon vous, c'est un motif pour lui en vouloir — et en effet je lui en veux, car je souffrais de me croire laide. Pourtant, ce visage, je le lui dois.

— Qu'est-ce que c'est que cette histoire ?

— Comme je vous l'ai dit, je ne me suis pas tout à fait reconnue... j'étais jolie mais là je suis si... belle. Vous invoquez la fin de l'adolescence : cela ne me paraît pas suffisant, j'avais déjà presque dix-huit ans. Non : j'ai la conviction que c'est lui qui m'a rendue telle.

— Il vous a opérée ? lança l'infirmière avec mépris.

— Non. Il m'a aimée. Il m'a tant aimée.

— Vous avez grandi et maigri. Il n'y est pour rien.

— Pour le corps, vous avez peut-être raison. Pas pour le visage. Si je n'avais pas reçu un si grand amour, mes traits n'auraient pas acquis cette lumière et cette grâce.

— Je dirais plutôt que si vous n'aviez pas été enfermée pendant cinq ans avec un vieux gâteux pour seule compagnie, vous ne proféreriez pas de telles âneries. Prenez un laideron, couvrez-le d'amour et vous verrez l'inanité de votre théorie.

— Je ne nie pas mes atouts. Mais c'est lui qui en a révélé la beauté. Il fallait un amour aussi fort que le sien pour que naisse une telle harmonie.

— Arrêtez, je ne veux plus entendre ces niaiseries.

— Moi, je ne demande qu'à en entendre davantage, intervint Loncours avec un sourire ému.

— Regardez-le, il boit du petit-lait ! s'insurgea Françoise. C'est le comble : il la séquestre depuis des années et elle le remercie !

— Si vous me permettez de donner mon avis... continua-t-il.

— Taisez-vous ou je tire !

— Non, laissez-le parler, dit la jeune fille.

— Merci, mon enfant, reprit-il. Donc, si je puis donner mon avis, vous avez toutes les deux raison et tort. Hazel a tort : quand je l'ai rencontrée il y a cinq ans, elle était déjà bien assez belle pour tourner la tête au monde entier. Ce n'est pas pour rien que j'ai eu le coup de foudre et que je l'ai enlevée. Hazel a aussi raison : sa beauté est encore plus éclatante aujourd'hui qu'il y a cinq ans. Françoise a raison : la fin de l'adolescence y est pour beaucoup. Et Françoise a tort : mon amour a contribué à exalter sa splendeur.

154

— Alors Hazel n'a pas dû vous aimer assez, car vous êtes laid et décati.

— On ne peut pas tout avoir. Je trouve déjà extraordinaire qu'elle ait éprouvé de la tendresse pour moi.

— C'était plus que de la tendresse.

— Hazel, taisez-vous ou je vous gifle !

— Pourquoi vous mettez-vous dans un état pareil, Françoise ?

— Pourquoi ? A votre avis ? J'arrive dans une maison inconnue, je rencontre une jeune fille séquestrée, elle se plaint à moi des sévices que lui inflige son vieillard de geôlier, elle est sans défense, elle me regarde avec de grands yeux suppliants en me disant que je suis sa seule amie, et moi, naïve provinciale, je suis bouleversée, je mets mon existence en jeu pour venir en aide à cette pauvre victime, j'achète tant de thermomètres que je passe pour une empoisonneuse, je suis emprisonnée à mon tour, je m'évade au péril de ma vie, au lieu de m'enfuir à la nage je viens me remettre dans la gueule du loup pour la sauver, je lui dévoile enfin l'odieux mensonge dans lequel son tuteur la fait vivre — et le résultat de mes efforts, c'est que la jeune dinde dit au vieux salaud, de sa voix la plus douce : « J'éprouve plus que de la tendresse pour vous ! » Vous vous fichez de moi ?

— Calmez-vous, comprenez-moi...

— Je comprends que je suis une trouble-fête ! Au fond, je vous dérange ! A-t-on jamais vu deux tourtereaux aussi bien assortis ? Vous étiez enchantée de jouer à la victime, il était enchanté, à son âge, d'avoir encore le rôle du bourreau ! Et moi, puis-je savoir à quoi j'étais censée servir, dans votre comédie ? Ah oui, il manquait l'ingrédient essentiel à votre jouissance perverse : un spectateur. Un innocent spectateur dont l'indignation décuplerait votre désir et votre volupté. Pour occuper cette place, rien de tel qu'une petite infirmière bégueule, jamais sortie de sa bourgade natale. Pas de chance : vous êtes tombés sur une fille qui a mauvais caractère. Qu'est-ce qui m'empêche de vous tuer tous les deux ?

— Elle est cinglée, dit Loncours.

— Attention, vous ! J'ai le doigt sur la détente !

— Ne le tuez pas, Françoise, vous n'avez rien compris !

— Vous allez encore me dire que je suis trop sotte pour saisir la subtilité de ce qui se passe ici ?

— Ma si chère amie, ma sœur...

— Non, plus de ça avec moi ! Je ne marche plus !

La jeune fille tomba à genoux et se mit à parler en tremblant :

— Françoise, trouvez-moi sotte et tuez-moi si vous le voulez, mais je vous en supplie, ne croyez plus que j'ai cherché à vous

156

manipuler ou à me moquer de vous. Vous êtes l'être que j'aime le plus au monde.

— Non, c'est lui, l'être que vous aimez le plus !

— Comment pouvez-vous comparer des sentiments aussi différents ? Il est mon père, vous êtes ma sœur.

— Drôle de père !

— Oui, drôle de père. Je suis la première à juger qu'il s'est mal conduit envers moi. Ses torts sont innombrables et impardonnables. Et cependant, il y a une chose dont je ne puis douter : c'est qu'il m'aime.

— La belle affaire !

— Oui, belle affaire que d'aimer aussi fort ! Dans cette maison, je me suis sentie tellement aimée.

— Belle comme vous l'êtes, n'importe quel homme vous aurait follement aimée.

— Ce n'est pas vrai. Très rares sont les hommes capables d'un si grand amour.

— Qu'en savez-vous ? Vous n'aviez aucune expérience avant d'arriver ici.

— Je n'ai aucun doute à ce sujet. Pas besoin d'être grand clerc ni d'avoir beaucoup vécu pour remarquer que l'amour n'est pas la spécialité des humains.

— Dites plutôt que vous avez besoin de vous convaincre. C'est pour vous le seul moyen de tolérer l'idée de ces cinq horribles années.

— J'ai eu de beaux moments ici. Je ne regrette rien : ni d'avoir rencontré le Capitaine ni d'avoir été sauvée par vous. Vous êtes arrivée au bon moment. Les cinq années à Mortes-Frontières m'ont apporté des trésors qui auraient fini par tourner à l'aigre, si vous n'étiez pas venue jouer ce rôle providentiel.

— Je ne vous comprends pas. Si j'avais subi ce que vous avez enduré, je tuerais Loncours.

— Il faut accepter de ne pas comprendre certaines choses chez ses amis, je vous l'ai déjà dit. Moi non plus je ne vous comprends pas toujours. Je ne vous en aime pas moins. Et toute ma vie je vous serai reconnaissante de m'avoir ouvert les yeux sur l'inanité de ma prison. Si j'étais restée dans ce dégoût de moi, j'aurais peut-être fini comme Adèle.

— Enfin des paroles sensées ! Vous voyez bien que vous avez de bonnes raisons de haïr ce vieux salaud.

— Sans aucun doute.

Le beau visage de la jeune fille prit une expression étrange. Elle se releva, contourna l'infirmière et vint auprès du Capitaine qu'elle regarda avec une dureté soudaine. Commença un tête-à-tête si intense que Françoise se demanda s'ils n'avaient pas oublié sa présence.

— Oui je vous en veux, dit la petite à Loncours. Pas parce que vous m'avez séquestrée, pas parce que vous m'avez convaincue de ma laideur. Je vous en veux à cause d'Adèle.

— Que peux-tu me reprocher, toi qui ne l'as pas connue ?

— De l'avoir aimée. Je ne suis pas comme Françoise : vos crimes d'amour m'inspirent une sorte d'admiration. Un homme qui aime jusqu'à l'abjection, jusqu'à détruire celle qu'il aime, je peux le comprendre. En revanche, ce qui me révolte, c'est de penser que je ne suis pas la première. Vos méfaits en sont comme banalisés : ils tiraient leur grandeur de leur caractère exceptionnel, de leur unicité. Si je ne suis qu'une répétition, alors oui, je vous en veux et je vous déteste.

— Se pourrait-il que tu sois jalouse ? Quelle preuve d'amour inespérée !

— Vous n'avez pas compris. Je suis jalouse pour elle. Si vous l'avez aimée au point de créer pour elle une telle machination, comment pouvez-vous en aimer une autre après ? N'est-ce pas déshonorer votre passion que de lui donner une suite ?

— Je ne suis pas de cet avis. A quoi serviraient les morts, sinon à aimer les vivants davantage ? J'ai souffert pendant les quinze années qui ont suivi son suicide. Ensuite, je t'ai rencontrée. Depuis, je parle d'elle au présent. Ne comprends-tu pas que toi et elle, vous êtes une seule et même personne ?

— Vous dites ça à cause de la vague similitude de nos noms. C'est ridicule.

— Vos noms sont la moins troublante de vos ressemblances. J'ai beaucoup vécu et beaucoup voyagé : j'ai vu tant d'êtres humains et j'ai eu tant de maîtresses que je crois m'y connaître un peu en matière de rareté. Parmi les hommes et les femmes, il n'y a rien de moins partagé que la grâce. Je n'ai connu que deux jeunes filles pour la refléter. Pour les avoir connues et aimées toutes les deux, je sais qu'elles sont une.

— Pendant toutes ces années, vous ne m'avez aimée que pour ma ressemblance avec une autre ? Je hais cette idée !

— Cela signifie que je t'aimais avant ta naissance. Quand Adèle est morte, tu avais trois ans : l'âge des premiers souvenirs. J'aime à penser que tu as hérité de sa mémoire.

— Je trouve cette supposition détestable.

— Ce n'est pas une supposition, c'est une certitude. Pourquoi as-tu horreur de te promener dans l'île, pourquoi sens-tu près du rivage une présence que tu qualifies de déchirante ? Parce que tu te rappelles t'y être suicidée il y a vingt ans.

— Taisez-vous ou je deviens folle !

— Tu te trompais en disant avoir embelli en cinq ans : c'est avant ta naissance que tes progrès ont commencé, en

160

1893, quand j'ai rencontré Adèle. Tu as bénéficié de tout l'amour que j'ai donné à ta précédente incarnation. Et tu en portes les fruits car tu es mieux qu'elle : tu es plus ouverte à la vie. Il y avait en elle une faille, un désespoir, une insatisfaction fatale dont tu n'as pas hérité. C'est pour cela qu'elle s'est suicidée. Toi, tu es trop vivante pour te tuer.

— Vous croyez ça ? s'emporta la pupille.

Et, en un geste d'une violence furieuse, elle arracha le pistolet des mains de Françoise et le pointa sur sa propre tempe.

— Hazel ! s'exclamèrent d'une seule voix le vieil homme et la jeune femme.

— Si vous m'approchez, je tire ! dit-elle avec, dans les yeux, la résolution la plus ferme.

— Vieil imbécile ! lança l'infirmière. Voyez ce que vous appelez les bienfaits de votre amour : bientôt, vous aurez deux mortes sur la conscience.

— Hazel, non, je t'en prie, mon amour, ne fais pas ça !

— Si, comme vous l'affirmez, je suis la réincarnation d'Adèle, je ne pourrais pas avoir d'attitude plus logique.

— Non, Hazel, dit la jeune femme. Vous êtes à l'aube d'une vie nouvelle, enthousiasmante. Vous verrez comme il est exaltant d'être belle. Vous serez riche et libre : tout vous sera possible !

— Je me fiche de cela !

— Tu as tort de renoncer à ce que tu ne connais pas.

— Ces choses-là ne m'intéressent pas. J'ai vécu ici le meilleur de ce que j'avais à vivre. A présent, si je suis Adèle, comment pourrais-je penser à autre chose qu'à ma mort ?

— C'est à ma mort que tu dois penser.

— Il a raison, s'emporta Françoise. S'il y a quelqu'un à tuer dans cette affaire, c'est lui. Pourquoi vous suicideriez-vous ? Depuis quand exécute-t-on les victimes à la place des coupables ?

— Je ne pourrais pas le tuer, balbutia la pupille en gardant le pistolet sur sa propre tempe. Ce serait au-dessus de mes forces.

— Donnez-moi l'arme, lui ordonna Françoise, je me charge de le faire.

— Mademoiselle, ceci est une histoire entre elle et moi. Hazel, je n'ai rien contre l'idée du suicide mais le tien est indéfendable. Ce serait multiplier par deux l'horreur de celui d'Adèle qui, au moins, avait l'excuse d'être désespérée.

— Je suis désespérée.

— Tu n'as aucune raison de l'être. C'est le jour de ton anniversaire et tu reçois comme cadeaux la beauté, la fortune et la liberté.

— Arrêtez, vous m'écœurez ! Comment pourrais-je oublier ce que j'ai vécu ici ?

Comment pourrais-je traîner un tel fardeau toute mon existence ?

— Qui parle de fardeau ? Qui parle d'oubli ? J'espère bien, moi, que tu te rappelleras. Tu partiras d'ici lestée d'un amour formidable qui t'est acquis pour l'éternité. Il n'y a pas de richesse plus grande.

— Cette histoire est une prison que j'emmènerai avec moi. Le souvenir de vous ne cessera de me hanter. Pour me libérer, il faut que quelque chose soit brisé.

— Oui, mais pas ton crâne. C'est le cycle qu'il faut briser. Si tu te suicides, tu le renforceras au lieu de le détruire. Ton amie a raison : si vraiment tu ressens la nécessité de tuer quelqu'un pour en sortir, alors tue-moi.

— Vous voulez que je vous tue ? Vous le voulez pour de bon ?

— Je veux surtout que tu ne te tues pas. Après la mort d'Adèle, j'ai passé quinze années en enfer. Et puis je t'ai rencontrée et j'ai cru que j'étais sauvé. Il n'empêche que je suis un homme brûlé, tu comprends ? Si tu devais toi aussi te tuer par ma faute, pendant combien de siècles faudrait-il que je porte en moi cette plaie béante ? Si tu éprouves pour moi la moindre tendresse, ne te tue pas. Mon meurtre serait une excellente solution.

La voix du vieillard avait quelque chose d'hypnotique. Avec une extrême douceur, il prit le poignet de la jeune fille et le tourna vers sa tempe à lui. L'infirmière respira.

— Je suis à toi, Hazel. Si tu presses la détente, ce sera justice et pour toi et pour moi. Tu auras vengé Adèle, tu te seras vengée de tes cinq années d'emprisonnement. Pour moi, ce sera la preuve que tu as trouvé la force de vivre et que je n'ai pas consacré mon existence à tuer mon unique amour à deux reprises.

Il y eut un long silence. Françoise regardait la scène avec fascination : la pupille n'avait jamais été aussi belle qu'en cet instant, le pistolet sur la tempe de Loncours, les yeux enivrés par la possibilité d'assassiner. Le Capitaine était transformé, tant la folie de son amour illuminait sa figure ravagée — et, l'espace d'une seconde, la spectatrice se surprit à penser qu'il devait être exaltant d'être aimée d'un tel homme.

Il avait lâché le poignet de la jeune fille et seule l'arme à feu les reliait l'un à l'autre. Il eut un geste singulier : il posa ses lèvres sur le canon, non pour le prendre en bouche comme une victime qui voudrait faciliter la tâche à son meurtrier, mais pour lui donner un baiser aussi débordant d'amour que si les lèvres de métal avaient été celles de sa bien-aimée.

— Et cependant, je te déconseille de me tuer, finit-il par dire.

— Ça y est, il se dégonfle ! s'insurgea l'infirmière.

164

— Si tu considères mes intérêts, il vaut mille fois mieux que je meure. Tu vas partir : ma vie ne sera plus rien. Pourtant, à y réfléchir, si je t'implore de tirer, je ne suis qu'un égoïste : la paix éternelle pour moi, la police pour toi. Je ne voudrais pas que tu sois poursuivie.

— Je me fiche de la police, dit la jeune fille avec une voix amoureuse.

— Tu as tort. La tranquillité n'a pas de prix. J'ai tellement envie de te savoir heureuse.

— Ce sont des salades ! s'écria la spectatrice. Vous l'épargnez et il se trouvera une troisième victime, à qui il dira qu'elle est votre réincarnation.

— Si tu crois qu'elle dit vrai, tue-moi.

— Je ne le crois pas. Je crois que vous parlez hébreu pour elle.

— Je veux avant tout que tu sois libre de mon souvenir. Si tu me tues, je serai d'autant plus présent à ta mémoire. Dans ma longue vie, il m'est arrivé de tuer des gens. Je connais les étranges vertus de l'assassinat. Le meurtre est mnémotechnique : les compagnons du passé dont je me souviens le mieux sont ceux à qui, pour des raisons diverses, j'ai donné la mort. En me tuant, tu croirais t'émanciper de moi, quand cet acte même me fixerait à jamais dans ta mémoire.

— Ma mémoire, vous y êtes. Vous êtes

ma mémoire. Je n'ai pas besoin de vous tuer pour ça.

— Oui, mais tu as encore le choix entre le souvenir ineffable et le lancinant remords. Le premier te rendra forte pour toujours, le second empoisonnera ta vie. Je sais de quoi je parle.

— Si je ne vous tue pas, qu'adviendra-t-il de vous ?

— Ne te soucie pas de ça.

— Que vais-je devenir sans vous ?

— Le destin nous a envoyé une admirable protectrice que tu aimes et qui t'aime : elle sera ta grande sœur, sage en proportion de ta folie, forte en proportion de ta faiblesse, courageuse et — ce qui est, à mes yeux, sa plus belle qualité — pleine de haine envers tes futurs prédateurs.

— Envers les anciens également, dit l'infirmière avec une voix sarcastique.

— Tu vois ? Elle est merveilleuse.

— Quitterez-vous Mortes-Frontières ?

— Non. Ici, tout me parlera de toi. Je m'assoirai face à la mer et je penserai à toi. Il ne me restera plus qu'à franchir les frontières de la mort.

La jeune fille ne parvenait pas à baisser l'arme, comme si ce prolongement métallique de son bras était le dernier cordon ombilical qui la reliât encore au Capitaine.

— Que faire ? Que faire ? interrogea-t-elle en secouant sa belle chevelure.

— Aie confiance en moi : j'ai mis

166

soixante-dix-sept années à être généreux mais, maintenant, je le suis.

Il lui prit le poignet, lui enleva le pistolet qu'il offrit à Françoise en gage de sincérité. Il couvrit de baisers la main désarmée.

Puis il remit à Françoise Chavaigne une enveloppe.

— Vous y trouverez mon testament et l'adresse de mon notaire. Je compte sur vous pour tout régler. Et je remercie Mercure de vous avoir mise sur ma route.

Il se tourna vers sa pupille et lui remit aussi une enveloppe.

— Tu la liras quand tu auras rejoint le continent.

Il la serra dans ses bras. Il prit le visage de son amour entre ses mains et le mangea des yeux. Ce fut elle qui tendit les lèvres vers les siennes.

Les deux amies montèrent sur le rafiot. La cadette, livide, contemplait l'île qui s'éloignait. L'aînée, radieuse, regardait la côte qui s'approchait.

Françoise partit aussitôt à Tanches rencontrer le notaire du Capitaine.

La pupille s'assit face à la mer et ouvrit l'enveloppe de son tuteur. Elle contenait une lettre brève :

Hazel, mon amour,

Tout désir est commémoratif. Toute aimée est la réincarnation d'une défunte inassouvie.
Tu es la morte et la vivante.
A toi,

Omer Loncours.

— Vous êtes très riche, dit sobrement l'aînée, à son retour de Tanches.

— Non : nous sommes très riches. Votre plus cher désir est-il toujours d'embarquer sur un grand paquebot qui irait au-delà de l'Océan ?

— Plus que jamais

— Je propose New York.

En route pour Cherbourg, l'ancienne infirmière déclara :

— Je ne pense pas qu'Adèle voulait réellement mourir. Elle s'est jetée à l'eau face à la côte, non face à l'Océan. Elle n'aura sans doute pas eu la force de nager jusqu'à Nœud. Je suis sûre qu'elle voulait vivre.

Peu avant leur départ, elle reçut une dépêche qui lui annonçait le suicide de Loncours. Il y avait une petite note du Capitaine pour elle :

Chère mademoiselle,

Je compte sur vous pour que Hazel ne sache rien de ma mort.

Omer Loncours,
Mortes-Frontières, le 31 mars 1923.

« Je l'avais mal jugé, se dit Françoise. Il était vraiment généreux. »

A bord du paquebot qui traversait l'Atlantique de Cherbourg à New York, tout le monde était d'accord pour penser que Mlle Englert et Mlle Chavaigne partageaient la palme de la plus belle passagère.

Elles partageaient aussi la plus belle cabine, dans laquelle il y avait un grand miroir. Hazel s'y regardait pendant des heures, avec dans sa main la lettre du Capitaine et dans ses yeux un émerveillement intarissable.

— Narcisse ! lui lançait Françoise en souriant.

— C'est exact, répondait-elle. Je suis en train de devenir une fleur.

New York était une ville où il faisait bon vivre quand on avait de l'argent. Les deux amies s'achetèrent un appartement admirable en face de Central Park.

Il leur arriva bien des choses à chacune, mais elles ne se quittèrent jamais.

Note de l'auteur

Ce roman comporte deux fins. Ce n'était pas délibéré de ma part. Il m'est arrivé un phénomène nouveau : parvenue à cette première issue heureuse, j'ai ressenti l'impérieuse nécessité d'écrire un autre dénouement. Quand ce fut fait, je ne pus choisir entre les deux fins, tant chacune s'imposait avec autant d'autorité à mon esprit et relevait d'une logique des personnages aussi troublante qu'implacable.

Aussi ai-je décidé de les conserver toutes les deux. Je tiens à préciser qu'il ne faut en aucun cas y voir une influence des univers interactifs qui sévissent aujourd'hui dans l'informatique et ailleurs : ces mondes me sont totalement étrangers.

Ce dénouement différent intervient au moment où Françoise, évadée, s'apprête à entrer dans la chambre de Hazel pour lui révéler la vérité, page 136.

Elle allait entrer chez Hazel quand des mains de fer s'abattirent sur elle : c'étaient les sbires, toujours aussi impassibles et muets. Ils la transportèrent dans la chambre de Loncours.

Françoise enrageait tant d'avoir échoué si près du but qu'elle ne parvenait même pas à avoir peur.

— Encore une fois, mademoiselle, j'admire autant votre intelligence que votre bêtise. J'admire les trésors d'ingéniosité que vous avez déployés pour votre évasion. Mais a-t-on jamais vu une telle présence d'esprit au service d'une cause aussi sotte ? Que vous prépariez-vous donc à dire à ma pupille ?

— Vous le savez bien.

— Je veux vous l'entendre dire.

— La vérité : sa beauté, sa beauté si ful- gurante qu'elle rend fou.

— Ou folle.

— Ou criminel. Je lui dirai tout, votre ruse ignoble et l'histoire d'Adèle que vous avez emprisonnée avant elle.

— Très bien. Et après ?

— Et après ? Rien. Ça suffira.

— Ça suffira à quoi ?

— A ce qu'elle vive enfin. J'aimerais également qu'elle vous tue, mais je ne puis garantir qu'elle en soit capable. Moi, je le serais, mais ce ne sont pas mes affaires.

— C'est votre affaire plus que la sienne.

— Pourquoi dites-vous ça ?

— Parce que je suis votre rival. Si quelqu'un me déteste ici, c'est vous. Pas elle.

— C'est une question de secondes. Laissez-moi lui dire la vérité : nul doute qu'elle vous vomira.

— Ce n'est pas impossible. En revanche, il est peu probable qu'elle me quitte.

— Vos hommes l'en empêcheront ?

— Non. Retrouver le monde après si longtemps serait une folie qu'elle ne commettra pas.

— Cela ne fait jamais que cinq ans de réclusion. Elle est jeune, elle s'en remettra, ce n'est pas insurmontable. Ne parlez pas d'elle comme vous parleriez de Robinson Crusoé.

— Je parle d'elle comme je parlerais d'Eurydice. Depuis cinq ans, elle se tient pour morte. Il faut une sacrée force pour ressusciter.

— Elle l'aura. Je l'y aiderai.

— Et moi ? Vous avez pensé à moi, dans vos projets ?

Elle éclata de rire.

— Vraiment pas. Je me fiche de ce qui va vous arriver.

— Vous voulez dire : de ce qui me serait arrivé. Car je vous rappelle que votre plan a échoué.

— Je n'ai pas dit mon dernier mot.

— Avant que vous ne le disiez, je vous soumets cette petite réflexion : ne voyez-vous pas la sottise stérile de votre héroïsme ? Il m'a fallu tant d'habileté et de précautions pour créer ce paradis. Ce paradis, oui : à Mortes-Frontières, j'ai tout ce que je veux, ce qui est déjà bien, et j'échappe à tout ce qui me déplaît, ce qui est mieux encore. J'ai recréé pour moi seul le jardin d'Eden : cela m'a demandé beaucoup d'argent, histoire d'acheter l'île et de construire cette maison très spéciale, sans parler du salaire de mes gorilles. Il fallait bien ça, en notre siècle qui s'annonce liberticide, pour abriter mes inadmissibles désirs, pour cacher mon Eve éternelle, pour la mettre à l'abri des mille serpents qui l'auraient détournée de moi. Cessez donc de me juger selon les ukases de la morale et mesurez mon mérite à l'aune de Prométhée.

— Parce qu'il faut vous admirer, en plus ?

175

— Il faut admirer les gens capables d'être heureux. Au lieu de vouloir détruire leur bonheur conquis de haute lutte, il faut louer leur courage et leur détermination.

— Il faut sans doute aussi applaudir au spectacle d'une jeune fille emprisonnée ?

— Si vous connaissiez les jeunes filles comme je les connais, vous sauriez qu'elles ont le sens du tragique.

— Vous semblez ignorer que j'ai été l'une d'elles.

— Vous n'avez jamais été une jeune fille séquestrée, opprimée, adorée. Si cela vous était arrivé, vous sauriez que les pucelles adorent les mises en scène définitives.

— C'est curieux : dans mes rêves d'adolescente ne figuraient pas ces singeries.

— Il est vrai que vous êtes une fille assez particulière. Et vous me permettrez de rester dans le sous-entendu.

— Sous-entendez ce que vous voulez. Je finirai bien par vous avoir.

— Soit. Mais auparavant, réfléchissez. Je vous assure qu'il y a de quoi réfléchir.

Les sbires reconduisirent Françoise dans la chambre cramoisie. Ils remportèrent les livres qui lui avaient permis de s'échapper et même, pour plus de sûreté, la table. La porte se referma.

Restée seule, elle ne put s'empêcher d'obéir aux directives du Capitaine : elle réfléchit. Elle réfléchit beaucoup.

L'après-midi, quand l'infirmière entra dans la chambre de la jeune fille, celle-ci avait un visage décomposé.

— En voilà une tête, le jour de ses vingt-trois ans ! Bon anniversaire quand même !

— Comment pourrais-je me réjouir, et de quoi donc ? D'être enfermée ici jusqu'à la fin de mes jours, d'attendre en tremblant que le Capitaine entre dans mon lit ?

— N'y pensez pas.

— Comment pourrais-je penser à autre chose ? Le pire, c'est que, cette nuit, j'ai fait un rêve miraculeux, hélas trop tôt interrompu : un ange de lumière entrait dans ma chambre et me charmait. Ses paroles étaient une musique céleste qui me libérait de mes tortures. Il s'apprêtait à me dire un secret grand et magique quand un bruit furtif, sur le palier, m'a réveillée. Le silence s'est rétabli et je me suis rendormie, espérant rattraper le songe en cours de route. Je ne l'ai pas retrouvé. Cette frustration me désespère à un point que je ne puis comprendre. Comment décrire la beauté de cet ange au sexe byzantin, la ferveur immédiate qui nous a unis, l'ivresse que me prodiguaient sa voix si douce et ses mots salvateurs ? Et je ne le verrai ni ne l'entendrai plus jamais. Comme les rêves sont cruels, qui nous laissent entrevoir des merveilles pour nous en mieux priver !

Françoise en resta sans voix.

— Avant-hier, poursuivit Hazel, vous m'aviez proposé une promenade que j'avais refusée avec acharnement. Aujourd'hui, j'accepte. Avoir rêvé d'un séraphin alors que c'est le Capitaine qui viendra ce soir... Il faut que je me change les idées. Tant pis pour mes frayeurs.

— Allons-y aussitôt, se réjouit l'infirmière qui ne voulait pas lui laisser le temps de changer d'avis.

Elle la prit par la main et l'entraîna dehors. Les sbires réagirent trop tard. La pupille n'était pas censée être au courant de sa propre incarcération : on ne pouvait donc pas l'empêcher ouvertement de sortir.

Folle de joie, Françoise s'écria :

— Enfin seules ! Enfin libres !

— Libres de quoi ? demanda la jeune fille en haussant les épaules.

Les hommes coururent au fumoir avertir Loncours de ce qui se passait. Le Capitaine, qui n'avait rien perdu de la conversation entre les deux jeunes femmes, savait déjà.

— Rompez ! Laissez-moi tranquille ! leur dit-il d'une voix étrange.

Il ne pouvait pas regarder les deux amies par la fenêtre puisque la maison avait été construite de manière à n'avoir aucune vue. Il sortit donc sur le pas de la porte du manoir et les observa de loin.

178

Des larmes de rage emplirent ses yeux.

— J'ai un aveu incroyable à vous faire,
Hazel, commença Françoise Chavaigne.
— Quoi donc ?
Elles se tenaient à l'endroit précis où
Adèle Langlais s'était suicidée, vingt ans
plus tôt.
Françoise allait parler quand un frisson
la retint.

Là-bas, le vieil homme cria des mots que
le vent moucha comme autant de flam-
mèches :
— Idiote ! Cette stupide infirmière est
en train de détruire en deux phrases ce
qu'il m'a fallu trente ans pour édifier ! Dire
que mon obstination et mon amour sont à
la merci de quelques mots prononcés par
une bouche imbécile ! Elle est le serpent
qui parle à mon Eve. Pourquoi une chose
aussi bête que le langage a-t-elle le pouvoir
d'anéantir l'Eden ?

— Eh bien, Françoise ? Vous ne dites
rien ?
C'était la première fois que l'infirmière
voyait la pupille à la vraie et pleine lumière
du jour. Dans le manoir, il faisait toujours
à moitié sombre. Enfin sorti des ténèbres,

le visage de la jeune fille apparaissait en sa scandaleuse beauté. Le spectacle d'une telle splendeur était insoutenable.

En un instant d'éblouissement, les plans de Mlle Chavaigne changèrent du tout au tout.

— Je voulais vous dire que vous ne connaissez pas votre bonheur, Hazel. S'il n'y avait pas le Capitaine, Mortes-Frontières serait le paradis sur terre. C'est une chance que d'être isolée du reste des humains.

— Surtout quand on est laide comme moi.

— Pas seulement. J'aimerais vivre ici avec vous.

— Ce serait le plus beau cadeau d'anniversaire que vous pourriez m'offrir.

Au loin, Loncours vit la pupille esquisser des gestes d'enthousiasme. « Tout est perdu. Elle sait, maintenant », pensa-t-il.

Le monde ne voulait plus de lui. Il eut l'impression que le bateau de sa vie avait largué les amarres. Comme dans un rêve dont on ne parvient pas à déterminer s'il est magnifique ou horrible, il marcha vers les deux jeunes femmes. On était fin mars mais la lumière était encore celle, parfaite, de l'hiver au bord de la mer. Etait-ce à cause de cet éclat blafard que les deux sil-

180

houettes féminines lui paraissaient si éloignées ?

Il marchait à n'en plus finir. Il se rappela les paroles d'un sage éthiopien rencontré quarante ans auparavant lors d'une escale africaine : « L'amour est l'affaire des grands marcheurs. » Il comprenait enfin combien cette phrase était vraie.

Il marchait vers la bien-aimée et chaque pas l'épuisait comme une épreuve métaphysique. Marcher, c'était lever le pied, s'effondrer et se retenir au dernier instant : « Quand je serai devant elle, je ne me retiendrai plus, je m'effondrerai. » Une angoisse indicible lui broyait la poitrine.

— Voici le Capitaine qui arrive, dit l'infirmière.

— Qu'est-ce qu'il a ? Il titube comme un malade.

Quand il rejoignit les deux femmes, il vit le visage radieux de Hazel.

— Vous lui avez dit... ? demanda-t-il à Françoise.

— Oui, mentit-elle avec sadisme.

Loncours tourna la tête vers la jeune fille interloquée.

— Ne m'en veux pas. Essaie de comprendre, même si c'est indéfendable. Et n'oublie pas que je t'aime comme personne.

Ensuite, il courut jusqu'au bout de la flèche de pierre qui marquait le lieu du suicide d'Adèle et se jeta à la mer.

Pour un bon nageur, même âgé de soixante-dix-sept ans, se laisser dévorer par les eaux est un exercice intellectuel davantage que physique.

« Ne pas nager. Ne pas remuer bras et jambes. Ne pas hisser mon nez vers la surface. Etre lourd et inerte. Museler l'appétit qui pousse à exister, le stupide instinct de survie. Adèle, je sais enfin ce que tu sais. Depuis vingt ans, il ne s'est pas passé de nuit sans que je pense à ta noyade. Je me demandais comment il était possible de se noyer, comment l'eau, la suprême amie des vivants, pouvait tuer ? Comment un corps léger comme le tien pouvait-il devenir plus pesant que ce monstrueux volume liquide ? A présent, j'entrevois la logique qu'il y a à choisir ce trépas. L'eau et l'amour sont le berceau de toute vie : il n'y a pas plus fécond. Mourir par l'amour ou mourir par l'eau, ou mieux encore par les deux ensemble, c'est boucler la boucle, c'est prendre la porte d'entrée pour porte de sortie. C'est se tuer par la vie même. »

Hazel hurlait. Françoise la retenait des deux mains.

La tête du vieillard ne remonta pas une seule fois à la surface.

— Il est mort, finit par dire la pupille, hébétée.

— Sûrement. Il n'était pas amphibie.

— Il s'est suicidé ! s'indigna la jeune fille.

— Bien observé.

La petite éclata en sanglots.

— Allons, allons ! Il avait fait son temps, le vieux.

— Je l'aimais !

— N'exagérez pas. Vous étiez malade à l'idée qu'il vous touche ce soir.

— Cela n'empêche que je l'aimais

— Bon. Très bien, vous l'aimiez. Il est néanmoins normal qu'il meure avant vous, vu la différence d'âge.

— Ma parole, vous jubilez !

— On ne peut rien vous cacher.

— Vous le haïssiez ?

— Oui. Son suicide est le plus beau des cadeaux d'anniversaire.

— Mais pourquoi s'est-il donné la mort ?

— Allez savoir ce qui se passe dans la tête des vieilles personnes, dit Françoise qui souriait à l'idée d'avoir réussi le crime parfait.

— Et ces phrases qu'il m'a dites avant de se jeter à l'eau, c'était pour expliquer son geste ?

— Certainement, mentit l'aînée. Les gens qui vont se tuer éprouvent toujours le besoin de se justifier, comme si c'était intéressant.

— Que vous êtes dure et cynique ! Cet homme était mon bienfaiteur !

— Un bienfaiteur qui a profité de sa protégée.

— Profité ! Vous semblez oublier que je suis défigurée.

— Impossible de l'oublier. Mais on s'habitue à votre laideur, dit la jeune femme en contemplant le visage magnifique de Hazel.

Elles rentrèrent au manoir, l'une en larmes, l'autre ravie d'avoir tué son ennemi grâce à un malentendu bien orchestré.

Pendant que la pupille pleurait sur son lit, la meurtrière se renseignait. Les affaires de Loncours étaient gérées par le notaire de Tanches. Elle lui téléphona et apprit ainsi que le Capitaine l'avait choisie pour exécutrice testamentaire et que la petite était la légataire universelle.

« Voici un défunt exemplaire », pensa Mlle Chavaigne.

Quand ces ennuyeuses formalités furent accomplies, l'infirmière consulta la jeune fille.

— Vous êtes à la tête d'une fortune immense. Que désirez-vous ?

— Rester à Mortes-Frontières pour cacher ma monstrueuse figure.

184

— Juste avant la mort du Capitaine, je vous disais que je voulais vivre ici avec vous. M'y autorisez-vous toujours ?

Le visage de Hazel s'illumina.

— Je n'osais plus l'espérer ! C'est mon souhait le plus cher !

— Vous me comblez.

— Mais puis-je accepter un tel sacrifice ? Vous qui êtes belle, vous pourriez fréquenter le monde.

— Je n'en ai aucune envie.

— Comment est-ce possible ?

En guise de réponse, Françoise serra la merveille dans ses bras.

— Vous êtes beaucoup plus intéressante que le monde, dit-elle à la petite.

Ce fut un coup d'Etat en gants de velours. Mlle Chavaigne ne renvoya personne : après tout, les hommes de main pouvaient toujours servir à quelque chose, ne fût-ce que pour écouler l'excès d'argent dont, sur l'île, elle n'avait pas d'usage. Jacqueline et le majordome rempliraient à leur habitude les tâches culinaires et ménagères.

Françoise quitta la chambre cramoisie pour celle du Capitaine. Il n'est pas rare que le trajet le plus court pour prendre le pouvoir passe par la prison. Personne ne songea à discuter son autorité.

Parfois elle allait à Nœud, où la plupart

185

des gens croyaient qu'elle était la veuve de Loncours. Elle y achetait des livres rares et précieux, des fleurs et des parfums. Deux sbires l'accompagnaient pour porter les colis.

Elle ne manquait jamais de faire un crochet par la pharmacie pour narguer son dénonciateur. A chaque fois, avec un sourire suave, elle lui demandait un thermomètre — « en souvenir du bon vieux temps », précisait-elle. L'apothicaire avait du mal à rester impassible.

De retour à Mortes-Frontières, elle entrait dans la chambre de Hazel et lui offrait les lys blancs et autres gâteries qu'elle avait choisis pour elle. La jeune fille exultait. Depuis que l'infirmière avait remplacé son tuteur, l'ancienne pupille était au septième ciel.

— Que m'importe d'être laide ? disait-elle régulièrement à la jeune femme. La joliesse n'eût jamais pu m'apporter un destin plus heureux que de vivre avec vous.

En vérité, elle embellissait de jour en jour, pour la plus grande volupté de sa spectatrice.

Une vingtaine d'années plus tard, il y eut une guerre. Les habitantes de Mortes-Frontières s'en aperçurent à peine et s'en soucièrent encore moins.

186

Quand les Alliés débarquèrent, non loin de là, elles se plaignirent un peu :

— Pourvu que ce soit vite fini. Ces gens sont bruyants.

Le 2 mars 1973, Mlle Chavaigne vint s'asseoir au bord du lit de Mlle Englert et lui dit :

— Aujourd'hui, il y a très exactement cinquante ans, je vous rencontrais.

— Est-ce possible ?

— Eh oui. Nous ne sommes plus toutes jeunes.

Elles éclatèrent de rire. Elles passèrent en revue le nombre de cuisinières qu'elles avaient « usées » : Jacqueline, puis Odette, puis Berthe, puis Mariette, puis Thérèse. Chaque prénom déclenchait une nouvelle salve d'hilarité.

— Avez-vous remarqué ? conclut l'aînée. Aucune n'a tenu plus de dix ans.

— Mangeons-nous tant que cela ? pouffa la cadette. Ou sommes-nous réellement des monstres ?

— Moi, je suis un monstre.

— Vous ? Enfin, Françoise, vous êtes une sainte ! Vous m'avez sacrifié votre vie entière ! S'il y a un paradis, les portes vous en sont déjà grandes ouvertes.

Il y eut un silence. L'ancienne infirmière eut un drôle de sourire. Elle finit par parler :

— A présent, Hazel, je peux bien vous le dire.

Et elle lui raconta tout, depuis l'incendie guadeloupéen.

Hazel était pétrifiée. En guise de consolation, l'autre eut cette phrase :

— Ne vous mortifiez pas. Pour ce qu'il en reste, aujourd'hui, de votre visage !

— Dites-moi... dites-moi comment j'étais.

— Aucun mot ne peut l'exprimer. Vous étiez si sublime que pas un instant je n'ai eu honte de mon crime. Sachez au moins ceci : jamais beauté ne fut aussi peu gaspillée que la vôtre. Grâce à notre bonheur insulaire, je n'ai pas perdu une miette de votre visage.

Il y eut un long silence. La moins vieille des deux dames semblait perdue.

— M'en voulez-vous beaucoup ? demanda la plus âgée.

Hazel tourna vers elle son merveilleux regard.

— Au contraire. Si vous me l'aviez révélé il y a cinquante ans, je n'aurais pas résisté à la tentation d'aller me montrer au monde entier, et nul doute que je serais tombée entre de moins bonnes mains que les vôtres. J'aurais connu les mille souffrances que les humains et le temps infligent à la beauté. Jamais je n'aurais connu l'existence idyllique que vous m'avez offerte.

188

— C'est vous qui me l'avez offerte. C'est votre argent.

— Il n'eût pu être mieux placé.

— En somme, vous m'êtes reconnaissante ?

— On dirait que cela vous déçoit.

— Nierez-vous que je suis un monstre ?

— Certainement pas. Mais peut-il arriver mieux à une belle jeune fille que de tomber sur un monstre ?

Françoise sourit. Elle cachait derrière son dos un lys blanc. Elle le tendit à Hazel.

Composition réalisée par JOUVE

IMPRIMÉ EN EUROPE (ALLEMAGNE)
PAR ELSNERDRUCK À BERLIN
Dépôt légal Édit : 9667-02/2001
LIBRAIRIE GÉNÉRALE FRANÇAISE - 43, quai de Grenelle - 75015 Paris.

ISBN : 2 - 253 - 14911 - X   ◈ 31/4911/9